ラブコメ嫌いの俺が
最高のヒロインにオトされるまで
2
なめこ印
illustration 餡こたく

女子のファンを多く持つ、陸上部の"王子様"。イケメンな容姿で誤解されがちだが、性別は女の子。見た目も性格も、女の子らしい水澄に憧れを抱いている。
進堂奈緒（高1）
「何？」
「私、水澄さんに憧れてるんだ！」

「え？」
雑誌モデルもやっている学
校一の美少女。
中学時代に高橋に助けても
らった過去があるが、彼本
人は覚えていない様子。
その後、高校で高橋と再会
すると、彼にコスプレ撮影
をしてもらうため写真部に
入部することに。
水澄さな（高1）
写真部所属。陰キャ寄りの
非オタなカメラ少年。
水澄のコスプレ撮影を通じ
て、自分の夢も叶えようと
日々奮闘としている。
高橋（高2）

「先輩、起きてます？」

その時、とっくに寝たと思っていた水澄が話しかけてきた。

「何だよ？」

「あっやっぱり起きてました？」

「……寝れないんだよ」

「ですよねー、私もです」

そう言いながら水澄はクスクス笑う。

「先輩って体温高くありません？」

「こんなすし詰めになってたら熱こもるのは当たり前だろ」

「確かに、雨で気温下がってるのに寝汗掻いちゃいそうですね」

「先輩、大丈夫ですか？」

「目の動きとかに異常はないって。あとで病院行けってさ」
「よかった……ほんと、先輩が無事で」

Contents

ラブコメ嫌いの俺が
最高のヒロインにオトされるまで2

なめこ印

GA文庫

カバー・口絵　本文イラスト
餡こたく

プロローグ◆◆◆明日の話

『バトキン』のイベントが終わって二週間。

あの日、水澄《みすみ》の笑顔に魅せられてから、俺《おれ》は彼女の夢を叶《かな》えるために協力を惜しまないと固く決意した。

それは俺自身の夢を思い出させてくれたことへの恩返し。

……というのもウソじゃないが……それだけでもないというか。

いや、うん、そこはどうでもいいとして！

とにかく俺と水澄はイベントを通し、新たな気持ちでコスプレ道を邁進《まいしん》することになったのだ。

そして、季節は初夏を過ぎて本格的に夏となり。

「……あっつー」

「暑いですねー」

俺と水澄は部室で完全に溶けていた。

新たな決意はどうしたって？

先に言い訳をさせてくれ。

まず今年は記録的な猛暑だ。

まだ六月末だっていうのに昼の気温は30℃を余裕で超えてくる。

ここで誤解なきように言っておくと、ウチの高校にはちゃんと各教室にクーラーがある。

だがこれがまた古いのなんの。

特に使用頻度の低い特別教室のクーラーなんて、十年以上前に取りつけられたオンボロばかりだ。

校舎の隅の写真部のなんて骨董品《こっとうひん》レベルだ。

まず効きが悪い。電源入れる度にガタガタと音が鳴る。通風口から変な臭いがする。

それでもまあ動いてる間はまだよかった。

それが先週……ついに永眠してしまった。

「先輩……クーラーの修理まででしたっけ？」

「なんか古すぎてメーカーに問い合わせても部品がもうないんだと」

今、この部室にある空調はこれまたボロい扇風機一台だけ。

俺たちはなるべく風が顔に当たるように机に頬《ほお》を乗せ、だらしない姿勢のまま死にそうな声で会話を続けた。

「じゃあ直んないんですか？」

「今新しいのに買い換えるかどうか会議中だと」

「もう壊れて一週間経《た》つじゃないですか……」

「杉内《すぎうち》が言うには、全教室一斉に買い換えるのかで揉《も》めてるんだと」

写真部だけ特別扱いしていいのかとか言われてるらしい。

そんなん壊れたんだから仕方ないだろと言いたくなるが、一生徒の俺には学校側の決定を待つしかない。

というわけで我が写真部はクーラーなしの蒸し風呂状態がずっと続いていた。

「もう新しくなくていいからクーラー欲しいです……！」

「同感」

学校にも公平性とか費用とかいろいろ問題はあるんだろうけど、そんなことよりクーラーが欲しい！

でないとマジで干からびそうだ。

こんな暑くちゃ何のやる気も……。

「あーもう！　ホントあっつい」

我慢の限界だと水澄が叫び、ガバッと体を起こす。

それから実に自然に制服のシャツのボタンをプチプチはずし始めた。

「……って！　何脱いでんだ水澄⁉」

「だって暑いんですもん！」

「そりゃそうだけども！」

暑いのには完全に同意だが、目の前に俺がいることを考慮してくれ！

当然、水澄がそんなの考慮してくれるはずもない。

「あー涼しー」

水澄はシャツの胸元《むなもと》を大きく開けて扇風機の風を浴びる。

さすがに開いたシャツを手で押さえてはいるが、風でヒラヒラしまくってて……なんというか、心臓に悪い！

「あれー？　先輩どうしたんですか？　顔真っ赤《まっか》ですけど？」

「……！」

しまった。目を逸《そ》らすの忘れてた。

気まずくて俺が沈黙していると、水澄はクスッと笑う。

「もしかして、ここが気になります？」

ピラッ
「おまっ⁉　今……チラッと見えちゃったぞ⁉」

「あはは」

「あははじゃねー！」

使用禁止

ちなみにピンクだった。

……ブラの色だぞ。

「もー、先輩慌てすぎですってば」

水澄はイタズラな微笑を浮かべる。

「大体コスの着替えの時とか撮影中とかに何度もチラ見えしてるでしょ?」

「自覚あったんかい……!」

じゃああの時もその時も気づかれてたのか。

死にたい。

「まあ先輩も健全な男子高校生ですから仕方ないですよ」

「全然慰めになってないんだが……」

またからかわれてしまった。

この調子でイジられ続けたら、気温より体の方が熱くなりそうだ。

「えぇい水澄! 明日は部室じゃなくてどっか涼しいとこに行くぞ!」

「え? 何でですか?」

「部室じゃ頭が茹《ゆ》だって話にならん」

実際この二週間、コスに関して何の話もできてない。

イベントが終わって若干燃え尽き症候群だった感も否《いな》めないし、このままじゃマズい。

とにかく今の俺たちに必要なのは次の目標。

そのための部活会議だ！

あと外で話し合えば水澄も俺をからかってこないと思うし。

「明日、次のコスプレを何にするか決めるぞ」

第一章◆◆◆高橋君と水澄さんの放課後デート

水澄《みすみ》の次の目標を決める。

その部活会議を開くため涼しい場所を求めた俺《おれ》たちは、てとらさんのいるメイド喫茶《きっさ》に再び足を運んだ。

「別に図書館とかでもよかったんじゃないか？」

「もう夏前ですよ？　図書館なんて受験生でいっぱいですって」

そういえば高校の図書室も三年の先輩が沢山いたっけ。

まあそれはそれとしてメイド喫茶に入ると、前と同じようにてとらさんが出迎えてくれた。

「ご主人様にお嬢様、お帰りなさいませ」

「ただいまでーす」

「た、ただいまです」

二回目だが、この挨拶《あいさつ》はまだ慣れないな。

まあでも前みたいにキョドキョドはせずに席まで案内してもらう。

「おふたりともお久しぶりですね。今日は放課後デートですか？」

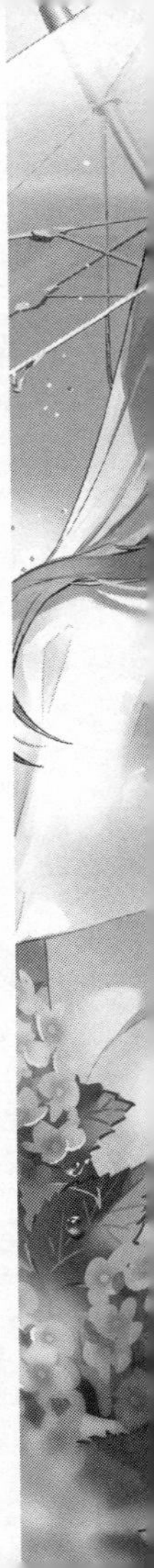

「……！」

たぶん冗談なんだろうけどドキッとする。

「ただの部活会議です」

俺はなるべく平静を装いながら答える。

「そのために当店に？」

てとらさんは少し不思議そうに首を傾《かし》げた。

確かに部活会議でメイド喫茶というのは謎《なぞ》チョイスと思われても仕方ない。

「実は部室のクーラーが壊れて……」

「まあ。それはお辛《つら》いですね」

てとらさんは若干同情気味に微笑《ほほえ》みながらメニューを手渡してくれる。

「今週からサマードリンクが始まりましたのでオススメですよ」

「ああ、それいいですね。水澄は？」

「私もそれにしましょうかね～」

「じゃあ俺と水澄ふたつで」

「かしこまりました。少しサービスしておきますね」

最後に小声でつけ加えて、てとらさんは一礼してテーブルを離れていく。

ちょうどその時入り口のベルが鳴り、彼女は流れるように新たなお客の出迎えに向かった。

「ハア～、相変わらずてとらさんってばメイド服似合いすぎですねぇ。マジ目の保養」

てとらさんの仕事ぶりを眺めつつ水澄は感嘆のため息。

俺も口には出さないが内心で同意する。

ドリンクが来るまでの間、俺たちは涼みながら彼女のメイドっぷりを堪能《たんのう》した。

「さて飲み物も来たし、そろそろ次の目標決めるか」

話しながらオススメのサマードリンクをひと口。

ラムネ味だ。定番で夏らしい爽《さわ》やかな甘さが広がる。

「次の目標ですか～」

「水澄的には何かないのか？」

「んー、少し遠いですけどやっぱ夏コミは行きたいですね」

「夏コミ？」

何だろう？

「先輩、夏コミ知らないんですか？」

「なんか聞き覚えはあるんだけど……何だっけ？」

「夏の祭典ですよ」

「えっと、夏祭り的な？」

「それとは若干違うというか」

水澄はスマホを取り出し、件《くだん》の夏コミについて教えてくれる。

夏コミ——コミックマーケットは世界最大の同人誌即売会の通称。

主に夏冬二回東京ビッグサイトで開催され、来場者数はなんと七十万人超⁉

「こんなん毎年やってたのか……」

「毎年ニュースになってますよ」

「あー、じゃあニュースかなんかで名前聞いたのかな？」

それにしても数字だけ見てもスゴい規模だ。

さらに検索するとイベントの写真も大量に出てくる。

「コスプレイヤーの写真も沢山あるな」

「レイヤーとしても一大イベントですから」

「じゃあ、次はこれに出るか？」

「出たいですけど、ちょっと間があくんですよねぇ」

「確かにひと月半も先だな」

「間にもう一個くらい何かしたいですねぇ。あー、でも期末テストもあるのかぁ」

「期末かぁ……」

学生を憂鬱《ゆううつ》にする言葉ナンバーワン。

ウチの高校では夏休み直前に期末テストがある。

「そうだ！　今度ベンキョー教えてくださいよ」

「お、俺が？」

「いいじゃないですかー」

水澄は猫撫《ねこな》で声《ごえ》でテーブル越しに身を乗り出してくる。

夏だからって開放的な襟元《えりもと》から覗《のぞ》く肌が眩《まぶ》しい……！

ホントこれ分かっててやってんだからタチが悪い。

以前はそれが腹立たしく感じる部分もあったが、今は心音が何オクターブも上がってしまう。

もうドキドキしすぎて、これでは涼みに来た意味がない。

「……言っとくけど、俺成績悪いぞ？」

俺は目線を逸《そ》らしながら答える。

「一年の範囲ですもん、大丈夫ですって」

「いや、結構一年の時点で俺成績悪……」

しかし、水澄はこちらの話を聞いておらず、すでに決定事項のようだ。

……少し復習しておくか。

それに赤点取ったら夏休みは補習だ。

そしたらイベントに出られるかも分からない。

「分かったよ。じゃあ、その内な」

「はい！」

水澄は嬉《うれ》しそうに頷《うなず》く。

ていうかコイツって勉強苦手なのか？

何でもできそうなイメージあったけど……。

「まあ勉強会は置いといて、結局次どうする？　夏コミ前に何か出るか？」

「そうですねー。何かよさげなイベントはー」

水澄は再びスマホをイジくって検索し始める。

と、その時ちょうど傍《そば》をてとらさんが通りかかった。

「会議は順調ですか？」

目が合うと、てとらさんは微笑んで尋ねてくる。

「あっ、てとらさーん。七月くらいに近場でやるコスプレイベントとか知りません？」

「コスプレのイベントですか？」

「できれば参加しやすい感じのやつで～」

「そうですね、すぐには思いつきませんが……少々お待ちください」

そう言うとてとらさんは一度奥に引っ込み、大量の紙束を抱えて戻ってきた。

「それ何ですか？」

「街を歩いてる時にもらったチラシです。秋葉原でやるイベントも沢山載ってますよ」

「わあ！　ありがとうございます。先輩、見ましょ見ましょ」

「ん」

チラシは結構な量があり、内容も様々だ。

全部がコスプレイベントのものというわけではなく、秋葉原の店舗でやっているセールチラシや、アイドル握手会の案内みたいなものもある。

「アニメフェアのチラシ多いですね～」

「だな。ていうか本当にいろいろあるな」

中には陶芸教室のコンテストのチラシまである。

「これとりあえずコスプレのチラシだけ探さないか？」

「了解です」

チラシの中からコスプレの四文字を探して選《よ》り分ける。

あとは専門店のチラシとイベント告知のチラシを分けて……。

「へぇー、『獣槍《じゅうやり》』のウェアウルフ様の衣装入荷したんだ。先輩、帰りにショップ見に行きませんか？」

「それはいいけど」

「あっ！　こっちは『壊怪《かいかい》』の雪女のコス！　先輩先輩こっちも行きましょう！」

「いいからとりあえずチラシ分けろって！」

片づけ中にマンガ読み始めるやつかお前は！

すぐ目移りする水澄にツッコミつつ、チラシを分け分け。

なんやかんや専門店のチラシを除くと、イベント自体のチラシは五枚程度になった。

「分けてみると意外と少ないな」

「選ぶには十分ですって」

「それもそうか」

「どれがいいですかね」

水澄は五枚のチラシを見比べ、内容を吟味する。

「んー、先輩はどれがいいと思います？」

「俺？」

意見を求められ、俺も水澄が見ているチラシを覗き込む。

「このコラボカフェって何だ？　これ、今やってるあのアニメだよな？」

「アニメとコラボした喫茶店ですよ。そこでやるコスプレデーのイベントみたいな」

「こっちも同じアニメのイベントっぽいけど、これは？」

「それは同人誌即売会兼ねたやつですね。レイヤーならＲＯＭ《ロム》とか売ったり」

「ＲＯＭ？」

「要するにＣＤとかＤＶＤに焼いた写真集ですかね」

「どうする？　明日から急いで作るか？」

「そうですね……あっダメだ。これ応募締切過ぎてますね」

「あちゃー」

コスプレイベントといっても大小様々、いろんな形式があるんだな。

俺はまだまだその辺に疎《うと》い。

「ん？　このアキ街フェスってのは？」

「えーと……わっ、結構デカいフェスみたいですね」

チラシを読んだ水澄は興奮気味に目を輝かせる。

街フェスとは、街の一角や大通りが丸ごとイベント会場になった大規模イベントらしい。

「これだと秋葉原電気街全体でコスプレできるみたいですね」

「へぇー」

それは本当に大きなイベントだ。

「開催はーちょうど期末明けくらいですね」

「ならタイミングもちょうどいいな」

プロコスプレイヤーを目指すなら知名度は必須。

こうしたデカいイベントには積極的に参加していきたい。

「じゃあこれに……」

その時ふと誰《だれ》かの視線を感じた。

「……？」

てとらさんかなと思ったが、今はホールにいなかった。

ついでに店内を見回してみるが、特に誰かと目が合うこともない。

「先輩どうかしました？」

「ん？　いや、何でもない」

気のせいだったかな？

まあ気のせいじゃないとしても、誰かが水澄を見てたのかもしれない。

彼女が男とすれ違うと、十人中五人が振り返るレベルの美少女だし。

「それじゃ無事に目標も決まりましたし、次はショップ巡りに行きましょー！」

「え？　もうか？」

どうせならもう少し涼んでからでも……外暑いし。

「ついでにコス以外のお店も行きましょうよ。ほら、早く早く」

「分かった！　分かったから引っ張るなって！」

水澄に急《せ》かされて会計を済ませ、俺たちは秋葉原の街に繰り出す。

今期放映中のアニメの看板を見上げつつ横断歩道を渡り、前にも一緒に来たコスプレの専門店へ足を運ぶ。

「先輩ほら！　ウェアウルフ様の衣装〜。相変わらずクオリティ高ッ。この胸のスリット見てくださいよ、めっちゃエグくないですか？　エロかわ〜」

「お、おう。エ……かわいいな！」

相変わらずエロとか平気で口にするなお前……。

けど実際この衣装はエロいと思う。

やたらラフで肌が出てる感じだし。

あと水澄の言う胸元《むなもと》にあいた謎穴がヤバい。

ＰＶの中の獣人少女もその謎穴から深い谷間を見せつけてくる。

何であんな謎穴があいてるのかは不明だ。

ファッション？　なのか？

ていうか、水澄は次これ着るつもりなのか？

こいつのコスプレに対するこだわりはかなり強い。

やるならこの謎穴もしっかり再現するだろう。

ついでに狼《おおかみ》耳も。

「……」

ウェアウルフ様になった水澄を想像する。

……ヤバい。

想像だけでドキドキしてきた。

「水澄次これっ、これにするのか？」

なんか尋ねる口調もソワソワした感じになってしまった。

「んー、候補ですけど、まだ決められないですねぇ。ほかの衣装も見てみたいし」

「そうか……」

「先輩残念そうですね？」

「えっ⁉」

言い当てられ、思わず動揺する。

すると途端に水澄はニヤニヤした。

「先輩こういうの好きなんですかぁ？」

「い、いや、別にそんなことは……！」

「でも先輩ってあんまり私のコスに口出ししてくれないじゃないですかー。もしかして興味ないのかなーって思ってたんですけどぉ？」

「そ、それは水澄の意思を尊重してるからで」

それは本心だったが、どうにも言い訳めいてる気がした。

ダメだホント……水澄のことを意識してからどうも。

ギクシャクしてるわけじゃないが、やっぱりどこかぎこちない。

人を撮るのがトラウマだった頃《ころ》はコスプレ衣装に驚きはしても、彼女に何を着て欲しいとか考えなかったのに。

今はさっきみたいに想像が膨らむ。

一緒に歩いてると緊張する。

彼女にとっては何でもない冗談に一喜一憂してしまう。

てとらさんにデートかと聞かれると心臓が高鳴る。

向こうはそんなつもり全然ないって分かってるのに……本当にもう、これぱっかりは仕方ない。マジで。

「言って街フェスまで一ヶ月ちょいもないだろ？　コスは早めに決めないとだろ？」

「そうですねー。衣装買って軽く手直ししてでー、せめて一週間前には決めなきゃですかね」

「あと期末テストもあるし、案外時間ないぞ？」

「確かにー」

ふぅ、なんとか話を逸らせたか。

「さっき言ってた『獣槍』のがこれだろ？　あと何だっけ？」

「『壊怪』の雪女ですね。どっちも好きなんですけど、今期はアニメも豊作で～」

「確かにおもしろいの多いよな」

水澄に影響されて俺も最近はちょくちょくアニメを観《み》てる。

それを聞いた水澄はこちらを見上げた。

「ちなみに先輩のイチオシは？」

「『写心のココロ』」

「主人公が念写能力者のやつでしたっけ？」

「そうそう。笑えておもしろい」

「コメディなんですか？　へぇー、泣ける系の青春物かと思ってました」

「いや、全然そんなんじゃないな」

「録画してます？」

「ああ」

「じゃあ今度観に行きますね」

「あ、ああ……！」

水澄がまたウチ来るのか。

部屋掃除しよう。

「……？」

背中がムズムズして後ろを振り返る。

「どうしました先輩？」

「あーいやー……」

また誰かに見られてた気がした。

元々ぼっちだから他人の視線に敏感すぎるのかもしれない。

しかし気になるものの、やっぱり気のせいという可能性もある。

「あー、あっちの衣装が気になってさ」

変に水澄を不安にさせるのもどうかと思い、俺は適当に誤魔化《ごまか》した。

「え？　どの衣装ですか？」

「そっちそっち」

俺は話を逸らしつつ、そのまま水澄と店内を見て回った。

衣装とかウィッグとかを見ながら、今期のアニメや話題のマンガの話をした。

さらに別の店も巡り、次のコスプレを何にするか相談する。

だがなかなか決まらないので、旬のマンガやラノベを調べに行った。

「『ビリリビ』の一巻出てるー、買おー」

「えっと『ビリーブリビドー』？　おもしろいのか？」

「最近のラブコメの中じゃイチオシです！　男の子がチョーかわいいんですよ」

「え？　男がかわいい？」

「初恋男子ってエモくないですか？　エモいんで先輩も買いましょ」

「そこまで言うなら……」

あんまりピンと来ないが、水澄が推しまくるので俺もそれを手に取った。

初恋男子がエモねぇ……やっぱりイメージ湧《わ》かないな。

あっ……でも、これを読めば水澄の好みが分かるのか？

「……っ！」

イカンイカン。

また油断して変なことを……。

「ん？」

「先輩？」

「……いや、早く会計しよう。そろそろ時間だろ？」

「あっホントですね。早くしましょう」

俺たちは急いでレジを済ませ、その足で駅まで走る。

お陰で帰りの電車には無事に乗れた。

しかし帰宅ラッシュの時間帯ということもあり、車内は混雑していた。

「うぇ、キッツ」

「水澄吊《つ》り革届くか？」

「ちょっとここからじゃ……」

車両の中央まで流されてしまったため、ここからでは水澄の手は届きそうにない。

「すみません、先輩に寄りかかっていいですか?」

「え?」

「だって揺れますし、危ないんですもん」

確かに危ない。今ブレーキなんかかかったら転んでしまう。

混んでる時は周りの人同士で少しずつ体重を預け合う手段もあるが——見知らぬ他人に水澄を触らせたくない。

「じゃあ……仕方ないな」

「失礼しまーす」

水澄は小声で断りを入れると、予想以上にギュッと俺に寄りかかった。

いや、寄りかかったっていうか腰に手を回してる⁉

これじゃほとんど抱きついてるようなものだ。

「お、おい水澄……!」

「しっかり掴《つか》まらないと転んじゃいますから」

いや、そういう問題じゃ。

ていうか、柔らかいふたつのお餅《もち》が腹の上で潰《つぶ》れてるんだけど⁉

どうにか離れたいが混みすぎて身動きが取れない。

せめて反応しないようにしなければ、何て言われるか分かったもんじゃない。

鎮まれ〜鎮まれ〜。

「先輩……さっきから硬いものが当たってるんですけど」

「うぇ⁉」

鎮めきれなかった⁉

大慌てする俺に対し、水澄は軽く目尻を下げる。

「さっきお店でもらった特典カードの角が当たってるんですよ」

「えっ……あ」

カードかよ！　またからかわれた！

「わ、ワリィ……！」

俺は素直に謝って買い物袋を脇《わき》に避《よ》ける。

声メッチャ震えたけど。

「平気ですよー」

一方、水澄はそんな俺のことも楽しげに眺めていた。

なんて小憎らしい後輩なんだ。

俺は心の中で「あーーーー」と長いため息をつく。

彼女にからかわれるのが嫌だったからじゃない。

そんな彼女もかわいいと思ってしまう自分に呆《あき》れたのだ。

と。

「あの人……誰なんだろう？」

ふとそんな呟《つぶや》き声が耳に入った。

「？」

何度も言うが車内は人が密集してる。

だから誰の呟きかなんて分からないし、俺のことを言われたとも限らない。

だがなぜか妙に耳に残った。

単に俺が思考を水澄からよそへ移したかっただけかもしれないが……。

やがて電車が地元の駅に到着し、俺たちは電車を降りる。

「水澄」

「はい？」

階段を下りる途中、俺は周囲に聞こえないように水澄に小声で話しかけた。

改札を抜けるまでに二、三ほど相談をしてそこで話を打ち切る。

「それじゃ先輩、また明日」

「ああ、明日な」

お互いの家は駅を挟んで反対方向にあるので、俺たちは駅前で別れる。

すでに外は暗くなっていたが、水澄は街灯のある道を選んで歩いていた。

「ふ～ん、ふっふふーん」

その足取りは軽く、鼻唄でアニメの主題歌まで歌っている。

しばらくは彼女と同じように家へ帰る人たちも周囲にいたが、駅から離れるにつれてその数を徐々に減らしていった。

やがて夜道に響く足音の数は三人ほどになり……。

「……おい！」

「うわっ⁉」

俺の上げた大声に、水澄を後ろから尾《つ》けていた人影はビクンッと身を竦《すく》ませた。

その隙《すき》に俺はカメラを構えてパシャリ！

「証拠撮ったぞ！　観念しろ！」

「……！」

フラッシュで照らされたそいつはフードを目深《まぶか》に被《かぶ》り、その場にしゃがみ込む。

「……ふぅ」

逃げられたり暴《あば》れられたりしなくてよかった。

「センパーイ、捕まえましたー？」

「ん。とりあえずは」

前を歩いていた水澄が戻ってくる。

駅で「誰かがついてきてる」と俺が耳打ちしたら、「捕まえましょう！」と提案してきたのは彼女の方だ。

剛毅《ごうき》にも程がある……。

とはいえ放っておくわけにもいかないので、駅で別れるフリをしてから、水澄を尾行する人影のさらに後ろを尾行し、カメラで証拠を押さえたのだ。

「さすが先輩、頼りになりますね」

そんなこと言われると照れそうになる。

しかし、この状況で気を抜くわけにはいかない。

俺はうずくまるそいつを精いっぱい睨《にら》みつける。

「お前、秋葉原からずっとついてきてただろ？」

今日何度か感じた視線もたぶんこいつだ。

「……」

相手は答えない。

何か言ってくれないと怖いんだが。

い、いや、ビビッてちゃいけない。

ここは男の俺が毅然《きぜん》としないと！

「もしストーカーなら警察に」

「……ちょ、ちょっと待ってくれ！」

警察と口にすると、はじめてそいつは慌て始めた。

「ん？」

なんか思ったより高い声のような？

俺が「あれ？」と首を傾げていると、ストーカー男（？）はゆっくり立ち上がって被っていたフードを脱いだ。

え？　イケメン？

と、一瞬驚いたものの、よく見ると男にしては少し違和感があって。

「……え？　女？」

「あれ？　進堂《しんどう》さん」

ストーカー男もとい女の顔を見て水澄は目を丸くする。

「水澄の知り合いなのか？」

「陸上部の一年生エースです。同《おな》クラだけどあんまり話したことないですね」

「……」

進堂と呼ばれた少女はこくんと頷く。

どうやら間違いないらしい。

「それで進堂さん、私のストーカーなんですか？」

「そ、それは誤解なんだ！」

水澄のあっけらかんとした冗談を、進堂は全力で否定する。

でもじゃあ何で尾行なんてしたんだ？

まあ、なんかよく分かんないけど。

「とりあえず、駅前に戻ってどっかで話聞こうか？」

俺の提案にふたりは首を縦に振った。

第二章◆◆◆進堂さんは水澄さんに憧れる

俺《おれ》たちは駅前に戻り、そこのマックに入った。

「そういえば親に連絡とか大丈夫？」

「さっき電話しておきました」

「私も」

なら平気か？

話すついでに夕飯も食べるつもりでセットを注文し、三人でテーブルに移動する。

「じゃあ、えっと……」

何から話せばいいんだ？

水澄《みすみ》は向こうからぐいぐい来てくれるが、基本的に俺に後輩女子と円滑にトークする能力なんてない。

それに今から話す話題が話題だ。

君ストーカー？　え、違う？　それ証明できる？

……みたいな尋問じみたこと俺にできるか？

でもその辺ちゃんとしないと、もし言い逃れられてウソだったら大変だ。

水澄のためにもここは俺がキチッと……。

「進堂《しんどう》さんのシェイク何味？」

「あ、バニラだけど」

「ひと口もらっていい？」

「ど、どうぞ……！」

「ありがとー。こっちの新味チョコバナナも結構おいしいから、飲んで飲んで」

なんかちょっと目を離した隙《すき》にスゲー打ち解けてない？

あんまり話したことないって言ってたのに……いや、でも水澄のことだから、クラスメイトにもぐいぐい行くのか。

俺が若干呆《あき》れていると、彼女の方が不思議そうに小首を傾《かし》げる。

「先輩食べないんですか？」

「いや、食べる食べる」

「ポテトはシェアしましょうよ」

マックに慣れてるな水澄。

俺もまあまあマックには来るがほぼひとりだから、ポテトのシェアだのシェイクの交換だの全然発想が及《およ》ばない。

「あ、先輩もチョコバナナ味飲みたいんですか？」

「いっいいやぁ!?」

上擦った声で俺が断ると、水澄はクスッと笑う。

「そうですか？　なんだかジーッと見られてた気がしたんですけど」

「何のことだか？」

俺は素っとぼける。

追及されたら逃げられない雰囲気だったが、隣の進堂に遠慮してか水澄もそれ以上イジってこなかった。

「んっんんっ」

空気を変えるために咳払《せきばら》い。

このままじゃ話が進まないので、もう本題に入ってしまおう。

「それで？　進堂は何で水澄のストーカーを？」

「だからそれは誤解なんです！」

「でも秋葉原からずっと後ろをついてきてただろ？」

「むぐっ！」

こちらが気づいていたことを指摘すると、一瞬進堂は口ごもる。

「確かにあとは尾《つ》けましたけど、ストーカーではないです。おふたりのことは秋葉原で偶然見かけて……」

「じゃあ何で水澄のあとを尾けてたんだ？」

「それは……その」

進堂は口をもごもごさせながら、なぜか頰《ほお》を赤らめる。

「実は……あの」

「？」

「わっ私！」

急に進堂はテーブル越しに身を乗り出し、水澄に顔を近づける。

「私、水澄さんに憧《あこが》れてるんだ！」

「え？」

「何？」

水澄に憧れてる？

予想外のカミングアウトに、俺も水澄も呆気《あっけ》に取られる。

「ほ、ほら私、この通りの見た目だろう？　昔から男っぽく見られることが多くて。私は陸上部なんだけど、大会の応援に来てくれる子も女の子ばっかりだったんだ。それで期待に応《こた》えるように振る舞ってたんだけど、本当は……」

進堂は進堂で恥ずかしかったようで、かなり早口で自分の身の上を語り出した。

途中余計な情報も挟まったけど、要約すると。

「つまり周りからいつも王子様扱いされてるけど、実は女の子っぽいお洒落《しゃれ》にも憧れてると」

「そう……かな？　たぶん、そうです」

進堂は若干歯切れ悪く肯定する。

何だろう、違ったのか？

まあでも、こういう願望って本人でも正確に分からないところあるし。

「なるほどなぁ」

それで水澄に女子力を学びたかったと。

本当はすぐ友達になりたかったが、水澄と進堂では仲よくしているグループが違う。

そのためなかなかお近づきになる機会がなく諦《あきら》めていたところ、偶然秋葉原で彼女を見かけて思わず追いかけてきてしまったそうだ。

「私、水澄さんみたいになってみたいんだ」

「私みたいに？」

ポテトを咥《くわ》えた水澄は自分の顔を指差す。

それに進堂は小さく頷《うなず》く。

「別に今の私も嫌いじゃないんだけど、一度でいいから変身してみたいっていうか」

「……」

進堂の話は思春期によくある悩みっぽいが、でも本人にとっては深刻なのだろう。

それこそ思わず同級生のあとを追いかけてしまうくらいには。

「うーん、なるほどー」

水澄はバーガーに齧《かじ》りつきながら、考える素振りを見せる。

もぐもぐもぐと考えること二十秒——ゴクンッとノドを鳴らしたあと、水澄はあっけらかんとした声音《こわね》でこう提案した。

「それじゃあ一回、私とコスプレしてみます？」

「……コスプレ？」

唐突で意味が分からなかったのか、進堂は首を傾げる。

いや待て……ていうかコスプレのことクラスメイトに言ってよかったのか⁉

「みっ水澄⁉」

「はい？　どうしました？」

「いやっ、お前……と、とりあえずこっち来い！」

「ちょちょちょ、どうしたんですかー？」

俺は水澄の手を引っ張ってテーブルから離れる。

そのまま客席の隅にまで移動して、念のため小声で彼女を問いただした。

「お前、コスプレのこと進堂に言ってよかったのか？」

「え？　何がです？」

「だって前にコスプレのことは秘密って言ってただろ？」

その件に関しては水澄から固く口止めされてきたのだ。

だから俺も口を滑らせないように日々気を遣ってきたのに、本人の口からあんな簡単にバラされたんじゃ今までの苦労は何だったんだって話になる。

「えーっとぉ、あー！　なるほど、そういうことですか」

水澄はしばし頭上にハテナマークを浮かべていたが、ふと何か納得がいったように手をポンッと叩《たた》く。

「先輩、秘密なのは『プロを目指してる』って部分だけですよ。コスプレすること自体は全然秘密じゃないです」

「そうなのか？」

「はい。最初にそう言ったじゃないですか」

そうだったっけ？

だが言われてみれば教室にゲーム機やマンガを持ってきたり、通学鞄《かばん》にキーホルダーをジャラジャラつけたり、水澄は自分の趣味を全然隠している様子がない。

つまり元から彼女は趣味についてはオープンにしているのだ。

なのになぜか俺はコスプレ関連のことは全部秘密と勘違いしていたらしい。

「スマン。余計な心配だったみたいだな」

「いえ、先輩がちゃんと秘密を守ろうとしてくれてるのは伝わってきますよ」

謝る俺に対して水澄は微笑《ほほえ》む。

「それじゃ席に戻りましょう。これ以上進堂さんを待たせてもかわいそうですし」

「そうだな」

疑問も晴れたところで俺たちは元の席に戻る。

「ごめんねー進堂さん。お待たせー」

「いや、大丈夫大丈夫」

「それでさっきのコスプレの話なんだけど、興味ある？」

席に戻って早速水澄は進堂との話を再開する。

「……」

問題ないという話はさっき聞いたが、それにしても随分と水澄は乗り気のようだ。

そういえば趣味の話ができる友達が周りにいないと、前に彼女の口から聞いた気がする。

だからこんなにぐいぐい行ってるのか？

いや、それはいつも通りか。

「でも何でコスプレなんだい？」

「だって進堂さん変身したいんでしょ？　変身といえばコスプレ！　かわいい衣装ならいっぱ

いあるし、何でも貸すよ」

「でも急に言われても……」

「たとえば進堂さんの好きな作品とか」

「え？」

「あれ？　今日アキバにいたのって、マンガの新刊買いに来たんじゃないの？　それに鞄の隙間《すきま》からとらのあなの袋がチラ見えしてるし」

「!?」

……なんか陸上部の王子様の秘密がさらっと暴《あば》かれてないか？

あと完全に俺空気になってる。

別にいいけど。

こうして一時はストーカーかと身構えた出来事は、水澄に新しいコス友ができて終わった。


その翌日の放課後。早速水澄は進堂を写真部に連れてきた。

「ごめんね。今クーラー壊れててアッツいけど」

「ううん。いつも外走ってるから暑いのは慣れてるし」

昨日まで俺も水澄もグダグダに溶けていた部室に入っても、進堂はまるで平気な顔をしている。ちなみに陸上部は今日は休みらしい。

だが慣れてるとはいえ、外の暑さと室内の暑さは熱のこもり方が違う。

蒸し暑さは容赦なく彼女を襲い、じっとりとした汗を掻《か》かせていた。

そんな蒸し風呂状態の部室にまで彼女がわざわざやってきたのは――無論、昨日話していたコスプレをするためだ。

「というわけで、私と奈緒《なお》ちゃんは着替えるので先輩は外で待っててくださいね」

「すみません、高橋《たかはし》先輩」

「いや、大丈夫だから。ゆっくり着替えてくれ」

頭を下げる進堂に気にしないでくれと声をかけ、俺は廊下に出る。

ていうか水澄、もう進堂を下の名前で呼んでたな。

俺なんかそれを聞いてやっとフルネームを知ったぞ。進堂奈緒。

ホント、水澄のコミュ力半端《はんぱ》なさすぎる。

それに話をした昨日の今日でもうコスプレ会か。

たぶん陽《よう》キャと陰キャって生きるスピードが違うんだな、うん。

「水澄さん、これスカート短くない？」

「原作もこれくらいだよ」

「そ、そうだったっけ？」

「下にスパッツ穿《は》くから平気平気。むしろ原作もスパッツあるからいいっしょ、みたいなノリで短くしてそう」

中から女子のキャッキャッした声が聞こえてくる。

一体どんなコスプレなんだろう?

水澄が元々持ってた衣装らしいが、あとのお楽しみと言われて何のコスプレをするのかは教えてくれなかった。

「センパーイ、入っていいですよ」

「……」

部室の中から声がかかり、俺は軽く深呼吸。

なんだかんだコスプレした水澄を見るのは久しぶりだ。

事前情報がゼロなので期待と不安でドキドキする。

いざ、と心の中で勢いをつけて、俺はドアを開けた。

そして、ヒーローが目の前に現れた。

「光放つは太陽の輝きマジサンライト!」

「し、忍び穿《うが》つ月影の閃光《せんこう》マジシャドウムーン!」

「?.?.?.」

何だ何だ何だ⁉

ドアを開けた瞬間、ふたりの小芝居が始まった。

水澄はノリノリだが、進堂は若干照れが入って顔が赤い。

「人の心を知らぬ獣たちよ！」

「天が許しても私の拳《こぶし》が許しはしないわ！」

芝居がかったセリフを言い切り、最後にバーンッとカッコいいポーズをするふたり。

「……」

とりあえず拍手した。

すると緊張の糸が切れたのか、進堂は顔を真っ赤《まか》にして照れ笑いする。

「結構恥ずかしいなこれ」

「セリフもポーズも完璧《かんぺき》だったよ。背高いから月様《つきさま》の再現度高くて羨《うらや》ましいんですけど」

「そ、そうかな？」

「うんうん。ていうか奈緒ちゃん脚もいいよねー、触っていい？」

「だ、ダメッ！」

脚を触られそうになって進堂は恥ずかしそうに逃げる。

女の子同士のじゃれ合いって俺が見ててもいいのかって気分になるな……。

水を差すのもあれなので、俺はふたりの衣装を観察する。

水澄が着ているのは黄色と白が基調の明るい衣装。

進堂が着ているのは紫と黒が基調の暗めの衣装。

カラーは見事に対照的だが、デザイン的に揃《そろ》いの衣装だと分かる。

ポーズもセリフもふたりで揃えていたし、元ネタもふたり組なのかもしれない。

そんな風につらつらと衣装について考察していると、そこでようやく水澄はこっちを向いてくれる。

「先輩っ『マジキュア』ですよ『マジキュア』！　さっき軽く練習したんですけど、決めポーズも完璧だったでしょう？」

「へぇーこれが『マジキュア』なのか？」

「……先輩、まさか『マジキュア』も知らないんですか？」

「いや、名前くらいは聞いたことある」

確か日曜日にやってる女の子向けのアニメだったような。

子供の頃《ころ》にテレビをつけたらやってた気がする。

「あれ？　でも『マジキュア』って五人組じゃなかったか？　戦隊物っぽいなーとか思った記憶が……」

「五人なら『ピースフル』か『サイエンス』ですね。先輩の年齢的に『ピースフル』だと思いますけど」

「えっと、どういうことだ？」

「『マジキュア』は歴史長いですから」

どうやら『マジキュア』は以前観《み》た『リュー伝』並みの長寿アニメらしい。

内容はマジキュアと呼ばれる戦士が悪と戦うヒーロー、もといヒロインもので「女の子もマジになりたい」がキャッチコピーとのこと。

ただ『リュー伝』と違うのは、『マジキュア』は一年ごとにキャラが総入れ替えになる。

いわゆるシリーズもので、タイトルも『ピースフルマジキュア』とか『サイエンスマジキュア』とか、毎年ちょっとずつ違うそうだ。

「陽様《ようさま》と月様は記念すべき十周年タイトルの『サン&ムーン』のマジキュアで、今でも人気の高いキャラなんですよ。原点回帰的なペア変身採用で、正反対のふたりが徐々に仲よくなってくとこがマジよくて。特に六話のダブルス回のタッグシュートのエモさは伝説級ですから今度観ましょ！『サン&ムーン』だけなら全五十二話ですから土日あれば……」

「分かったから落ち着け水澄。進堂もいるから！」

熱が入りまくりの水澄から一度距離を取る。

ホント距離感バグってんだから、こんなの見られたら関係を誤解されるぞ。

「……」

ほら、置いてけぼりにされた進堂がポカンとしてるし。

「ゴ、ゴホンッ！　ところで何で『マジキュア』のコスプレにしたんだ？」

ひとまず咳払いして話題を逸《そ》らす。

「それは昨日夜に何のコスにするか奈緒ちゃんとニャワンしててー」

ニャワンというのは、ショートメッセージをやり取りできるスマホのアプリだ。

ちなみに俺も同じアプリを入れてる。たまに海外の親父《おやじ》からメッセージが届く以外に使用したことはない。

「そしたら奈緒ちゃんが『サン&ムーン』の月様が好きって言うから、私も陽様とペアで衣装持ってるからちょうどいいねって盛り上がって」

「なるほどな」

単なる話題逸らしだったたが、水澄は丁寧に経緯を説明してくれる。

「実は子供の頃から『マジキュア』が好きで、特に『サン&ムーン』」

進堂は少し照れ臭そうに話す。

「私も『サン&ムーン』かなり好きー。ちょうどアニメに嵌《は》まった時期だったたから思い出強いんだよね～」

「うん、私も」

「だよねー」

うーん、『マジキュア』分からんから話に入れない。

今度は俺が置いてけぼりにされつつ、ふたりは『マジキュア』トークで盛り上がる。

そうして濃いトークがしばらく続いたが、ふと水澄は「でも」と言った。

「奈緒ちゃんに月様ってイメージピッタリだと思うけど、初コスこれで本当によかった？」

「？　どういうこと？」

「逆にピッタリすぎたかなーって」

水澄はそこで眉《まゆ》をハの字にする。

「昨日勢いでコスまで決めちゃったけど、もしかして奈緒ちゃんの『変身したい』と合ってなかったかも……と今更思った次第です」

俺は横で話を聞きながら、いろいろ考えるなーと思った。

昨日から今日まで水澄は何も悪いことをしていない。

むしろ進堂の話を聞き、彼女のためにふたり分の衣装まで持ってきたほどだ。

少なくとも彼女から謝るようなことなんてない気がする。

でもまぁ、そういうことまで考えるのが水澄か。

「そんな全然全然！　私が月様にしたいって言ったんだし！」

案の定、進堂も水澄が心配したようなことは思ってなかったようで、両手を振って目一杯否定する。

「それに月様ってカッコいいんだけど、実はかわいいところもあって、しかも強くて、子供の頃に凄《すご》く憧れてたんだよね。この口調も月様の影響だし」

「そうなんだ」

「だから今日憧れの月様になれて、なんだか胸のモヤモヤが取れた気分」

進堂はそう言うと口許《くちもと》を緩《ゆる》め、少しはにかんだ。

素の彼女は王子様と呼ばれるだけあって、ボーイッシュで清潔感のある見た目をしていた。

マジシャドウムーンの衣装はダークな色彩だが、スカートやアクセサリーの効果もあってかわいいとカッコいいを両立している。

話を聞きながらスマホで元ネタも調べてみたが、マジシャドウムーンは精霊の王国の王女という設定らしい。

なるほど確かに、今の彼女はカッコいい王子様というよりかわいくて強い王女様って感じがする。

「そっか。奈緒ちゃんがオッケーならよかった」

水澄はホッとため息をついて安堵《あんど》する。

「ねぇねぇ、次はふたりで必殺技やらない？」

「いいね。あ、でもあれも決めゼリフなかった？　私うろ覚えで」

「マジキュア必殺技集で検索すれば動画出てくるよ。観よ観よ」

ふたりは顔を寄せ合ってスマホで動画を観ながら、手を前に翳《かざ》してセリフの練習を始める。

にしても、あれだな。

タメ口の水澄って新鮮だ。

あんな性格してるのに、意外と水澄は礼儀正しいところがある。

俺やてとらさん、魔希菜《まきな》さんのような年上には敬語だし。

その点、進堂は同級生だから話し方も態度もだいぶ砕けてる。

……ちょっと羨ましいと思わなくもない。

「そういや写真はどうする？　いちおうカメラはあるけど」

少し疎外感を覚えた俺はふたりに提案する。

「写真、ですか？」

進堂はきょとんと首を傾げたが、そんな彼女に水澄が抱きつく。

「せっかくだし記念に撮ろう撮ろう！　コス友記念！」

「えっと……うん、そうだね。記念に」

「わーい」

進堂の了承をもらってバンザイする水澄。

「あーでも水澄、悪いけど今日は普通の写真になるかもだぞ？」

いちおう俺は断っておく。

いつも水澄のコスプレを撮る時は、あらかじめ原作に触れて作品の雰囲気を掴《つか》んでおく。

だがさすがに今回は昨日の今日なので、その辺りの準備ができていない。

「気にしなくて大丈夫ですよ！」

俺の懸念《けねん》に、水澄は特に問題なしと親指を立てる。

まあ今日のは学校でコスプレできる友達ができた記念ということで、プロになるため云々《うんぬん》の活動はお休みだ。

「マジキュア！　ホーリィフレイムゥゥゥ！」

「おおぉー」

「どう？　今の語尾の伸ばし方とかよくなかった？　陽様の漢女《おとめ》力出てた？」

「うんうん。出てた出てた」

「でしょー。陽様。ほらほら、奈緒ちゃんのシャドウバーストも見せてよ」

「えぇー、水澄さんみたいに上手《うま》くできるかなぁ」

いつもの衝立《ついたて》にカーテンをかけた背景の前で、水澄と進堂は楽しそうにはしゃいでいる。

進堂は最初ぎこちなかったが、水澄のノリに釣られて撮影に対する緊張が徐々に抜けてきた。

「奈緒ちゃん、もっかい変身の時のやつやろーよ」

「いいよ」

「センパーイ、お願いしまーす」

「はいはい。またセリフからか？」

「もちろん！」

今日の水澄は進堂に合わせてか、いつもの驚異の集中力は見せなかった。

カメラマンとしては少し物足りなく感じるものの、自然体でコスプレを楽しむ彼女の笑顔がかわいくて、ついシャッターを何度も切ってしまう。

そんなこんなで小一時間、下校のチャイムが鳴るまで俺はふたりの写真を撮り続けた。

「今日はありがとう水澄さん、それに高橋先輩もありがとうございました」

帰り際、進堂は丁寧に俺たちに頭を下げる。

「いいのいいの、私も楽しかったから」

「俺も別に」

水澄のいい写真が撮れたから、むしろこっちがお礼を言いたい。

それから顔を上げた進堂は、胸のつかえが取れたように微笑んだ。

「沢山はしゃいだからかな、なんだか凄く気分がスッキリしたよ」

「そう?」

「うん。あのさ……その内、またコスプレさせてもらっていいかな?」

「もちろん!」

水澄は笑って頷いて、校門のところで進堂とは別れた。

それから三日後。

「ほら先輩！　今日は新宿のコスプレショップ行きますよ。早くイベントに出る衣装決めないと！」

「わ、分かったって！　引っ張るな水澄！」

放課後、俺たちは帰りに新宿に行くために昇降口で待ち合わせた。

「たまにはアキバ以外のお店行ってみるのも刺激になると思うんですよねー」

「それはいいけど今日こそ次のコスプレ決めろよ」

「まあまあ焦《あせ》らず行きましょうよ」

「お前は少しは焦れ……ん？」

「先輩どうしました？」

「進堂だ」

たまたま目に入ったグラウンド。そこに走る進堂の姿があった。

「キャー進堂さーん！」

「私のタオル使ってくださーい」

短距離を走り終えた進堂の元へ、彼女のファンらしき生徒が集まっていく。

「ありがとう、皆《みんな》」

「「キャー！」」

おお、凄い黄色い悲鳴。

「あいつ本当に王子様なんだな」

ファンの前だと心なしか表情も凜々《りり》しい。

マックで話した時や部室でコスプレした時とは違う彼女の姿がそこにあった。

「進堂さん次も大会出るんですよね？　応援行きますから！」

「私も！」

「あたしもー！」

「ありがとう」

進堂は自分を囲むファンたちと笑顔で話し続ける。

「奈緒ちゃん、もうすぐ都大会なんですよ」

その時、隣にいた水澄が俺に話しかけてくる。

「中学時代も結構いいところまで行ったから、高校でも期待されてるんですって」

「そっか、そりゃあ……」

それはちょっとしんどそうだ。

「王子様も大変なんだな」

「そうですねー。期待されすぎちゃって、王子様のイメージを崩さないようにって結構我慢してたみたいです」

かったんだろう。
進堂が最初に「水澄に憧れてる」と言ったのは、きっとお洒落のセンスとかそれだけじゃな
「あー、だからか」

水澄も学校一の美少女とか言われて普段から注目の的だ。

だが、彼女がそういう評判に縛られてるかと言われればそうではない。

たぶん、そういうところに進堂は憧れたのだろう。

「でも別に、奈緒ちゃんも今の自分が嫌いなわけじゃないみたいですよ」

「そうなのか?」

「だってカッコいい月様だって奈緒ちゃんの憧れですもん」

そういえば口調とかも月様の影響だって言ってたっけ。

まあそりゃそうか。王子様に少し疲れたからって、何もかも全部嫌いになるわけじゃない。

「あとの課題はひと匙《さじ》のかわいらしさをどう人身につけるかですね。それがなかなか難しいみたいですけど」

「あの様子じゃ、それは結構先っぽいなー」

俺はファンに向けて爽《さわ》やかな笑みを浮かべる進堂を見ながら言う。

「そうですねー。でも、昨日もコスプレで結構スッキリできたらしいので、またストレス溜《た》まったら一緒にかわいさ発散させてあげましょう」

かわいさ発散って、そんなストレス発散みたいに。

けどまあ……。

「じゃあ、私は次の練習してくるから」

そう言って進堂はファンから離れ、スタート地点へ戻っていく。

練習に戻った彼女は表情を引き締め、真剣な面持ちで合図と同時にスタートを切る。

軽やかなその走りは見るからに伸び伸びとしていて、ストレスとかそんなものは一切感じさせなかった。

「確かに……今日は気持ちよさそうに走ってるな」

陽キャの苦労など俺には想像もつかないが、コスプレがあの走りの助けになるというなら部室を貸すくらいいいかもしれない。

それに彼女が来てくれると水澄も楽しそうで、いい写真が撮れるしな。

と、俺が走る進堂をずっと眺めていると、水澄がむぅっと頬を膨らませる。

「先輩いつまで奈緒ちゃんの脚見てるんですか、ヤラシー」

「なっ⁉　ちっ違う！」

「本当ですか～？　先輩、女子陸上を邪《よこしま》な目で見るオッサンみたいでしたよ？」

「そんなつもりは断じてない！」

「あはは、先輩の脚フェチ～」

水澄はとんでもないことを吹聴《ふいちょう》しながら俺から逃げる。

「あっ、おい待て！」

校門に向かって走る水澄を、俺は大慌てで追いかけ始めた。

第三章◆水澄さんはバブみを手に入れたい

気がつけば七月に入り、やっと部室のクーラーが新しくなった。

と言っても新品ではなく、学年主任が実家の古いクーラーを寄付してくれたらしい。

これも少しオンボロだが動きはするので、とにかく暑さに苦しんでいた俺《おれ》たちは喜んだ。

さて、ようやく写真部に文明が戻ってきたある日のこと。

「先輩、バブみって知ってますか？」

「バブ……み？」

「あ、今の反応で分かりました。説明しますね」

唐突に意味不明な単語を水澄《みすみ》に聞かされて俺は素直に首を傾《かし》げた。

最近は彼女の影響でサブカルも嗜《たしな》んでいるが「バブみ」というのは聞いたことがない。

バブみ……何だろう？

音的には何か柔らかいものか？

「バブみっていうのはひと言で言ってしまえば〝お母さん〟です」

「……？」

説明されても何のこっちゃだった。

「えっと、お母さんのキャラってことか?」

「惜しい!」

水澄は指をパチンッと鳴らして不正解を告げる。

「確かに純粋なママキャラもいますけど、重要なのは主人公の全《すべ》てをやさしく包み込む母性……つまり母なる愛を持つキャラなら、たとえ年下でもバブみは成立するんです!」

「年下でも?」

「はい!」

「……やっぱりよく分からんけど、次はそのバブみキャラのコスプレするのか?」

とりあえず尋ねると、水澄はう〜んと腕組みする。

「まだ考え中ですけど、『プリアカ』のリミちゃんが最近お気に入りで」

「『プリアカ』?」

「『プリンセスアーカイブ』ってソシャゲですよ」

ソシャゲってのもよく分からなかったが、要はスマホのゲームらしい。

「まあいいや。じゃあ、とりあえず俺もそれやればいいのか?」

「いえ、ソシャゲは課金マジ辛《つら》いんで、私のデータで勉強してください」

そう言って水澄は椅子を引っ張ってきて俺の隣に座る。

「……！」

近ッ！　いつものことだけど近ッ！

水澄の距離感には相変わらずビビる。

あと何でこいつはいつもいい匂《にお》いするんだろ。不思議だ。

俺がドキドキしてる横で、水澄はスマホの『プリアカ』を起動する。

かわいい女の子が十人以上走るＯＰが流れたあと、『プリンセスアーカイブ』のタイトルロゴが出て、ゲームがスタート。

「この子がリミちゃんです。かわいいでしょー？」

「へぇー」

スマホの画面には、デカい魔法使いの杖《つえ》を持った幼い女の子が映っていた。

……思ったより子供だな。

「この子がバブみってやつなのか？」

「はい」

「でも、どう見ても子供だろ？」

「ふふっ、だから年齢は関係ないんですよ」

謎《なぞ》のドヤ顔水澄。

「百聞は一見になんちゃらです。一緒にキャラスト見ましょう」

キャラストというのは文字通り、各キャラの個別ストーリーのことらしい。

水澄がポチポチ操作するとリミのキャラストが始まる。

そこそこ量があったので内容は割愛。

大事なのは件《くだん》の「バブみ」の何たるかを理解することなのだが……。

まずこのリミというキャラは所謂《いわゆる》チュートリアルキャラらしい。

ゲームで最初に手に入るキャラで、主人公と一緒に『プリンセスアーカイブ』の世界を案内してくれる。

立ち位置的に主人公と一番長くいるキャラで必然的に愛着が湧《わ》きやすい。

実際、水澄の話だと人気投票でも常に三位以内とか。

それだけ聞けば次のコスの候補として十分だと思う。

『これからご主人のお世話をさせていただくリミです。リミって呼んでください』

『ご主人はお強いのですね。頼り甲斐《がい》があります』

『リミ、頑張りました。ご主人、褒めてくださいますか?』

序盤はこんな感じで主人公を慕い、手助けしながら甘えてくれるキャラって感じだった。

これは確かにかわいい。人気なのも分かる。

でも、これのどこがお母さん？

多少疑問に感じつつも、その後もキャラストを読み進めていった。

異変が起きたのはキャラストの半分、二十話を過ぎた辺りだろうか。

そのエピソードで主人公は敵ボスの罠《わな》にかかってリミと離れ離れになるも、彼女と仲間たちのお陰で大ピンチを乗り切るという内容だったのだが。

『ごしゅじーん、どこに行ったのですかー？』

『ご主人！　助けに来ましたよ！』

『助かってよかったです……リミは心臓が止まるかと思いました』

『ご主人はもうリミから離れないでくださいね』

ここからちょっとリミが過保護になり始める。

『ご主人、離れたら危ないですから手を繋《つな》ぎましょう』

『このスープ熱いですね。ふぅー、ふぅー……はい、どうぞご主人、あーん』

『ここの温泉混浴だったんですね。あ、逃げないでいいですよ。せっかくだからお背中流させてください』

『まさか雪山で遭難するなんて、リミの不注意です。このままじゃ体が冷えちゃいますから、裸で抱き合いましょう。もうっ恥ずかしがらなくていいですよ。リミは大丈夫です』

『よしよし、ご主人はよく頑張りました。今夜はたっぷり休んでください。リミが子守歌を歌ってあげますからね』

ここまではリミのセリフの一部抜粋だが、本編はこの十倍ヤバい。

ストーリーが長くなってネタが尽きたのか、それともシナリオライターが本気を出したのか、リミがかなり主人公を甘やかすキャラになっていった。

　主人公は主人公でされるがままになってるし……いや、このゲームのストーリーってそもそも主人公のセリフがほとんどないんだが、そのせいで余計にやりたい放題になってる。

最新の四十一話なんてもう主人公が幼児退行起こしてたぞ。

「どうでしたか？　これが公式でもママ扱いされるリミちゃんの魅力ですよ。先輩もリミママによしよしされたくなりましたか？」

「……ひと言いいか？」

「はい？」

「怖ェよ！」

　思わず俺は叫んだ。

「主人公がもう完全に赤ちゃんになってんじゃん！」

「いえいえ、それは魔法トラブルに巻き込まれただけですよ」

「それだよ！　主人公が幼児退行したのをリミ喜んじゃってるだろ。それが怖いんだよ⁉　合法的に主人公を四六時中お世話できるとか言ってたし！」

　他のヒロインが戸惑う中、リミだけ嬉《うれ》しそうに離乳食の準備を始めた時は得体の知れない恐怖で背筋が震えた。

「しかも主人公が元に戻ったら最後ちょっと残念そうだったぞ⁉」

「それはもうバブみを持つ者の業としか呼べないですね～」

「何でちょっとカッコよく言った？」

ツッコミを入れておくが、水澄はフフンッと得意気に鼻を鳴らす。

「世の中の男性の八割は赤ちゃんに戻りたい願望を持ってるらしいですよ」

「絶対ウソだ」

「とはいえ、リミちゃんがかわいいのは事実です」

「いや、かわいいのかもしれないけどさ」

「かわいいは正義です」

水澄は強硬に主張し、「とにかく！」と拳《こぶし》を握る。

「リミちゃんのコスをやるにしろやらないにしろ、それ以前にまず私にバブみが会得できるのかが問題なんです」

バブみを会得って……。

「そもそもそれって望んで手に入るものなのか？」

「分かりません」

堂々と首を横に振る水澄。

それからニコッと笑った。

あ、嫌な予感……。

「というわけで先輩、私のバブみの生け贄《いにえ》になってください」

「生け贄？」

「間違えました。礎《いしずえ》です」

それ、どっちも人柱って意味じゃないだろうな？

俺はジト目で睨《にら》むが、水澄は逆に期待の目で見つめ返してくる。

「じゃあ先輩、早速バブみを練習する準備をしましょー」

「おっ、おー……」

水澄にそんな目で見られたら逆らえない。

何をされるのか知らないが、俺は仕方なく彼女の言う準備を手伝い始めた。

「それじゃまずはこのカーテンを床に敷いちゃいましょう」

「ん」

いつも撮影の背景に使ってる衝立《ついたて》のカーテンをはずし、それを綺麗《きれい》に広げてレジャーシートみたいに床に敷く。

「次は座布団《ざぶとん》を借りてきましょう」

「そんなの学校にあるのか？」

「探せばありますよ」

微妙に無計画だな……。

俺と水澄は学校を探し回り、運よく演劇部から座布団を借りることができた。

「微妙に重ッ。五枚も借りる必要あったのか？」

「ありますよー。布団《ふとん》代わりにするんですから」

「布団ー？」

一体何をするつもりなんだ？

結局よく分からないまま部室まで座布団を運び、言われた通りカーテンの上に縦一列に並べた。

すると水澄は五枚並べた座布団の頭の部分にちょこんと正座する。

「はい、それじゃあ先輩ここに寝てください」

「いっ!?」

水澄が指差す「ここ」は彼女の膝《ひざ》の上だった。

これは……膝枕《ひざまくら》!?

「いっいいのか？」

「いいに決まってるじゃないですかぁ。ほら早くー」

「じゃ、じゃあ」

失礼します、とつい丁寧語になりつつ俺は水澄の膝、というか太腿《ふともも》に頭を乗せる。

「……！」

後頭部が柔らかいものに沈むように受け止められる。

何だこれ、こんな……最高の枕がこの世にあったのか。

座布団のお陰で寝心地《ねごこち》も悪くない。

何より自然と上を向いて寝ると、水澄の顔と胸が目の前に……！

「これでいいのか？」

ドキドキしながら俺は水澄に確認を取る。

「……」

しかし返事がない。

代わりに聞こえてくるのは長く細い呼吸音……何かに集中しようとしてる？

「水澄？」

「……はぁい。何ですか、ご主人？」

「⁉」

「どうかしましたか？」

戸惑う俺に対して水澄は柔らかく微笑《ほほえ》む。

この感じ……『プリアカ』のリミか？

つまりこれがバブみの練習か。コスプレこそしてないが、彼女は自分にリミのキャラクターを表現できるか試しているのだ。

「もしかして寝づらいのですか？」

水澄が俺の顔を覗《のぞ》き込もうと前屈《まえかが》みになる。

「うっ！」

胸が！　胸が！

「ご主人？」

「だだ大丈夫！　大丈夫だから！」

「そうですか」

俺が返事をすると水澄は安堵《あんど》したように微笑む。

ふぅ、危うく彼女の胸に押し潰《つぶ》されるところだった。

「ふふっ、ご主人はかわいいですねぇ」

よしよしと水澄が頭を撫《な》でてくる。

その手つきは幼児をあやす母親そのもの。

笑顔もいつもに比べ、イタズラっぽさは鳴りを潜め、やさしく穏やかになっている。

練習の段階でこのクオリティはさすがと思うが。

「うふふ、いー子いー子ですね」

若干恥ずかしいなこれ。

あとやっぱり胸が気になる。

いや、俺がエロいとかじゃなくて、こんな目の前にあったら誰《だれ》でも意識しちゃうって！

何で膝枕が男の憧《あこが》れなのかよく分かった。

「あら？　ご主人、汗が凄《すご》いですよ？　暑いですか？」

「いや……」

これは緊張の冷や汗だ。

片想《かたおも》いの相手の膝枕とか緊張しない方が無理だ。

「拭いてあげましょうね」

水澄はポケットから花柄のハンカチを取り出し、俺の額や頬《ほお》の汗を拭く。

「はい、綺麗に拭けましたよ～」

「おう……あ、ありがとう」

「ふふっ、どういたしまして」

思わずお礼を言ってしまうと、水澄はまた慈愛に満ちた微笑みを浮かべる。

なんだか本当にお世話されてしまっているぞ……。

それにさっきからずっといい匂いがしてる。

あと太腿に当たってる首裏辺りから彼女の体温が伝わって、そこがボワッと燃えるように熱い。

段々、頭がクラクラしてきた。

おかしいな……クーラーはちゃんとついてるよな？

「ご主人、ほかに何かして欲しいことはありますか？」

「ほかに……？」

「ご主人が言ってくれれば、リミは何でもしてあげますよ～」

「何でも……」

水澄の声がまるで麻薬のように脳に染《し》み込んでくる。

彼女はさっきからずっと俺の頭を撫でていて、そのやさしい手つきが気持ちいい。

ダメだこれ……理性まで溶けそうだ。

「……」

「う～ん、ご主人元気がありませんねぇ」

俺がずっと黙っていると、水澄は心配そうに声を落とす。

「もしかしてお腹《なか》が空《す》いてるんですか？」

「……へ？」

何か急に話が飛んだような？

元気がないのはお腹が空いてるからと解釈したアドリブか？

「それじゃあご主人にはおっぱいあげましょうね～」

「……」

…………んんん？

意味不明すぎて驚くのが一瞬遅れた。

急に何言ってんだこいつ⁉

あ、いや、違う！　これさっき見たリミのキャラストの四十一話のイベントだ！

「今準備しますからね～」

「わああ待て待て水澄！」

シャツの前ボタンをプチプチはずし始めた水澄を慌てて止める。

ボーッとしてた頭も一気に醒《さ》めた……危ねぇ。

「先輩？」

「役に入りすぎ」

「あー……すみません」

水澄はいそいそとボタンをつけ直す。

俺も体を起こして彼女の膝から離れる。

ちょっと名残惜《なごりお》しいが……。

「ところで先輩」

「ん？」

「私の膝枕どうでしたか？　バブみ感じました？」

「あー」

そういえばそんな話だった。

今のはコスプレもしていないし、セリフやシチュエーションもいくらかアドリブが入っていた。

水澄も「練習」と言っていたし、たぶんまだまだ粗い部分もある。

しかし、それでもあの威力だ。

たった一回の膝枕で脳が破壊されそうになった。もし『プリアカ』の主人公のように、四十一話分もバブみを喰《く》らったら、俺も余裕で赤ちゃんにされそう……。

「とりあえず、バブみが凄いってのは分かった」

「おっ！　先輩もバブみのよさが分かりました？」

「ああ……そうかも……」

俺は頷《うなず》く……が。

「でも、ちょっと水澄っぽさが強かったかも」

と、少し自信なくひと言つけ加えた。

「私リミちゃんになれてませんでした？」

「俺はそう思……いや、どうだろ。違うかもだけど」

「どっちですか？」

「……正直分からん」

元ネタのリミが幼すぎるせいかもしれないが、いくらドキドキしてもそれは「水澄」からバブみを感じてる気がした。

いや、どうだろう……俺が水澄を見すぎなのか？

どちらだろう……分からない……自信がなかった。

「スマン。曖昧《あいまい》なこと言って」

「いえいえ、大丈夫ですよ。まだ候補ですから」

水澄は気にしないでくださいと言って笑う。

「……」

気にするなと言われてもこっちはそうはいかない。

水澄の夢を手伝うためなら、彼女の相談にくらい乗れなくてどうする。

それが膝枕にドキドキして動揺し、正確な判断が下せないようじゃまるでダメだ。

今後はもっと己《おのれ》を律して、公平な判断力を養わなければ……！

「……あ」

その時、水澄が自分のスマホを見ながら小さく呟《つぶや》いた。

「どうした？」

「えっ？　……いえ、何でもないです」

「？」

「それより先輩。今週の土曜日あいてます？」

水澄は急にニコッと笑って話題を変えてくる。

なんか一瞬変な顔だった気がしたが……気のせいか？

「土曜ならあいてるけど何だ？　また勉強会か？」

「近いですけどちょっと違いますね」

水澄はそう言うとスマホをイジり、その画面をこちらに見せてくる。

画面には『Re：サマーキャンプ　受付ページ』と緑色のロゴが躍るホームページが表示されていた。

「先輩、今度一緒にキャンプしましょう」

第四章◆◆◆高橋君と水澄さんはキャンプをする

水澄《みすみ》の体温を背中に感じる。

彼女の肺が膨らむ動きが背から伝わり、か細い呼吸音が外の雨音に混じって聞こえた。

「……ッ……っ」

一方、俺《おれ》は動悸《どうき》と呼吸を抑えるのに必死だった。

水澄は元々パーソナルスペースが皆無に等しいし、それでいつも俺は苦労してる。

でも、これはいくら何でも近すぎる……！

どうしてこんなことになったのか。

ことの始まりは俺が彼女からキャンプに誘われたところに遡《さかのぼ》る。


「先輩、今度一緒にキャンプしましょう」

水澄はそう言って鞄《かばん》から一冊のマンガを取り出して俺に手渡してきた。

「『すた☆きゃん』？」

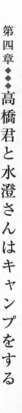

渡されたのは夜空を背景にキャンプする女の子四人組が表紙のマンガだった。

「はい。女の子たちがキャンプして星を一緒に見るっていうマンガです」

マンガをパラパラめくっている俺に、水澄が『すた☆きゃん』のあらすじを簡潔に説明してくる。

「いわゆる日常物っていうか、ほのぼのした女の子たちを楽しむマンガですね」

「へぇー、そういうジャンルもあるのか」

確かに軽く読んでみた感じそういうお話だった。

キャンプを通して、日常の些細《ささい》な出来事に一喜一憂しながら青春する女の子たちのお話。

ただし深刻な問題や辛いことは起きず、とても平和でほのぼのとしている。

「水澄って王道少年マンガが好きじゃなかったっけ？」

「そうは言っても別にほかを読まないわけじゃないですよ。『すた☆きゃん』はアニメから入った口ですけど」

「で、それ見て自分もキャンプしたくなったと」

「そーですね」

「なるほど」

「というわけで先輩も一緒にキャンプしましょ、ね？」

水澄は両手を握って潤んだ目でお願いしてくる。

まあ、別につき合うのは吝《やぶさ》かじゃないんだが……。

「キャンプ道具は持ってるのか？」

「ネットでポチりました」

「行動力」

水澄のこういう、興味を持ったらすぐ行動できるところは羨《うらや》ましく思う。

「あっ、そういえば先輩は持ってます？」

そこでハッとしたように水澄が尋ねてくる。

おそらくキャンプ道具のことだろう。

確かに俺が持ってなかったら、そもそも一緒にキャンプに行くなんてできないが。

「ひと通り持ってるよ。昔、親父と山に写真撮りにいく時、そのままキャンプすることも多かったから」

親父が海外へ行く前の思い出だが、子供心にとても楽しかった覚えがある。

特に親父は何でも楽しむ達人な上に物知りだったから、山でも森でも俺の知らないことや遊びを沢山教えてくれた。

「……なんか昔のこと思い出したら、俺もキャンプ行きたくなってきたな」

「ホントですか？　それじゃあ行きましょ行きましょ」

「そうだな。行くか」

まるで遊びに行く約束のようだが、これもお馴染《なじ》みのコスプレ相談だ。

この『すた☆きゃん』も『プリアカ』同様に最近のお気に入りらしく、次はこの中から候補を選ぼうと思っているらしい。

だがこちらもまだ「これ！」というキャラが定まっていないようで、作品自体への理解を深めながら共感できるキャラを探すため、自分もキャンプしてみたいそうだ。

「それにしてもバブみの練習といい、水澄はコスプレに対してマジメだよな」

「変、ですか?」

「いや。親父も生き物を撮る時は被写体の気持ちを想像しろって教えてくれたし、それでいいと思う」

「先輩のお父さんのお墨付きなら大丈夫ですね」

まあ、というわけで一緒にキャンプすることになった。

仮に俺が断っていたとしても、こいつならひとりで行きそうだ。

でもそれはたぶんマズい。

いや、マズいってほどじゃないんだが。

たぶん、少々の問題が起きると思うのだ。

そして、キャンプ当日。

「うぇ~先輩、ここどうやるんですかー?」

やっぱりな。

「貸してみろ」

俺は水澄から道具を受け取る。

「すみませ~ん。上手《うま》く留め杭《くい》が打てなくて~」

「いいって」

いくら水澄でもキャンプ初心者には違いない。

慣れないテント張りや道具の扱いに苦労すると思ってた。

「ほら、そっち持ってくれ」

「はーい」

「いっせーの……!」

俺は水澄と協力し、彼女の分のテントを張り、無事組み立て終わる。

「ありがとうございます先輩。家で一回練習したんですけど……」

「しゃーない。慣れだ慣れ」

「あはっ、頼りになるぅ」

「んなことないって」

それに偉そうなこと言ってるが、俺も家で練習してきたのだ。

まあ、水澄の山ファッションと笑顔を見られたから、その甲斐《かい》はあったようだが。

「じゃあ次は薪《たきぎ》拾いに行くか。もう五時だし夕飯の用意しないと」

「はい。料理の方は任せてくださいね」

「期待してる」

これは本心。水澄の料理はマジで旨《うま》い。

「……そういや今日は星見るから泊まりだけど、親には何て言ったんだ」

「テキトーに誤魔化《ごまか》しときました」

「おいおい」

俺は苦笑いする。

まあそりゃ別テントとはいえ、男とひと晩キャンプするなんて言えないだろうけど。

「今日先輩がついてきてくれてよかったですよ～。私ひとりじゃどうなってたか」

「昔取った杵柄《きねづか》だって、たいしたことない」

「そんなことありませんって」

キャンプ場の林で薪になる小枝を拾いながら、水澄は笑顔で俺を褒めちぎってくる。

それに多少いい気分にもなるが、実際たいしたことじゃない。

水澄ならいくらか失敗したとしても、きっとすぐできるようになる。テントだって時間をかければひとりで組み立てられただろう。

だから起きたとしても少々の問題に過ぎないっちゃ過ぎない。

俺はほんの少しだけ彼女の苦労を取り除いただけだ。

その報酬として水澄のキャンプ飯が食えるなら、報酬としては十分すぎるだろう。

「ちょっと曇ってきましたかね？」

「大丈夫じゃないか？　今夜は晴れだって天気予報も言ってたし」

「ですよね。曇ったら星見えないし、勘弁して欲しい……」


——その三時間後、夕飯を食べ終わってのんびりしていたところ急な雨が降り始めた。

「あー……」

テントの入り口から外を眺め、水澄がため息をついた。

ちなみにここは俺のテントだ。彼女のテントは隣にあるが、まだ寝るには早いのでこちらに遊びに来ている。

「参りましたねー先輩。これじゃ星が見えないです」

「そうだな」

雨は小雨程度だが、それでも星を見るのは諦《あきら》めるしかない。

俺も楽しみにしていたので、これは本当に残念だ。

「よりにもよって今日に限って天気が崩れるなんてな」

「運が悪かったですねぇ」

水澄は肩を竦《すく》めて苦笑する。

けど彼女はすぐに明るい声を出して、

「でも雨のキャンプはそれはそれで楽しいですよ。ね、トランプしましょう」

と、残念がる時間も惜しそうに言い、リュックからトランプを取り出す。

そのポジティブさに、今度はこっちが苦笑してしまう。

「どうせ暇だしな。何やる？」

「ババ抜きとか」

「何でだよ！　ふたりしかいないだろ！」

「冗談です。じゃあ神経衰弱で」

テントを叩《たた》く雨音を聞きながら、俺と水澄はスマホで動画を観《み》たりトランプしたりして時間が過ぎるのを楽しんだ。

「もう十時か」

ふとスマホの時計を見て呟《つぶや》く。

遊んでたら思いのほか時間が経《た》つのが早い。

「どうだ水澄？　『すた☆きゃん』のキャラの気持ちは分かってきたか？」

「う〜ん、そうですね〜」

水澄はトランプの山をシャッフルしながらしばし考える。

「とりま、外で食べるご飯は美味《おい》しかったですね」

「だな」

「あと狭いテントの中で先輩とふたりっきりっていうのもドキドキしますね」

「ッッッン!!」

不意打ちされたが何とか耐えた。

「……そういう冗談を聞いてるんじゃない！」

「え〜ホントですよ〜」

水澄はからかってるのを隠そうともせずにニヤニヤしてる。

からかわれてるのは分かるが、狭いテントでふたりきりなのは事実なのだ。

クソッ、意識し出したら急にソワソワしてきた……！

「先輩どうしました？」

「なな何でもない！」

「あはは、カード配りましたよ〜」

俺が慌てる様を楽しそうに眺めながら、水澄は次のポーカーの札を配り終える。

「そうだ、せっかくですし、何か賭《か》けませんか先輩？」

と、カードを見る前に水澄がそんなことを提案してくる。

「賭け……って何を？」

「うーん、ここはベタに負けた方が何でも言うこと聞くとか？」

「何でも……？」

それがベタって怖すぎないか？

いや、ていうか何でも言うことを聞く？

ならもし俺が勝ったら……。

「はーい、それじゃ勝負でーす」

「あっおい」

返事をする前に勝手に水澄はゲームを始めてしまう。

遊びでやってるポーカーなので、この勝負に「降り」はない。一回の交換で揃《そろ》った手札で勝負が決まるため、ほとんど運で勝ち負けが決まってしまうのだ。

ちなみにお互いの勝率は四対六くらいで俺が負け越してる。

仕方なく俺も配られたカードを見るが……おおぅ⁉

エースが二枚あるぞ。

「交換、先輩からどうぞ」

「じゃあ三枚」

俺は動揺を悟られないように山からカードを三枚取る。

「⁉」

エースが三枚のスリーカード！

これは……勝った！

「それじゃ私は一枚で」

「む……！」

一枚交換だと……よっぽど手が揃ってるのか？

「さて、それじゃ勝負ですよ先輩」

「……！」

ええい！　どうせ「降り」られないんだ。なら、勝負！

「エースのスリーカード！」

「キングのストレートです」

「⁉」

マジか、水澄の手札もちゃんと揃ってる。

「えっと……これどっちが強いんだっけ？」

別に詳しいわけじゃないので、役の強さの順番とか厳密には覚えてない。

「今調べますね……あ、ギリ私の勝ちです」

「ぐあぁ！」

「スリーカードとか、一瞬負けたかと焦《あせ》りましたよ～」

うぐぐ、スリーカードって派手な感じがするから勝ちかと思ったのに。

でもよく考えたらスリーカードは三枚、ストレートは五枚揃えなきゃなんだから、難易度的にもストレートの方が上に決まってるか。

「……で？　俺は何させられるんだ？」

「まあまあ慌てないでください。思いついたら言いますから」

「じっくり考えられるのも怖いんだが……？」

「そんなヒドいお願いしませんって。ほら、次は何します？　それともサブスクでアニメでも観ますか？」

「あー、なら『すた☆きゃん』観たいな」

「了解でーす」

とりあえずポーカーの件はいったん忘れて、俺たちは寝るまで『すた☆きゃん』を観ることにした。

俺は観るのははじめてだが……確かにほのぼのとしている。

派手な事件はないけど、キャラたちのキャンプを楽しむ気持ちが伝わってきて、彼女たちを観ているだけで楽しかった。

　俺も今日は楽しかったな。

　テントの中で水澄と寝そべって一緒にアニメを観る。

　そんなのテンション上がらないわけがない。

「結局どうするイベントのコスプレ……『すた☆きゃん』にするか？」

「んー、制服かわいいんですけどねぇ」

　そう言っているが、どうもまだピンと来てないようだ。

「……なかなか決まらないな」

「すみません」

「いいって。水澄が納得できるやつじゃないとな」

　でなきゃ俺もいい写真だって撮れないだろう。

　そんな話をしている内に『すた☆きゃん』も六話まで観終わり、そろそろ寝るのにいい時間になってきた。

　いちおう寝る前に外を確認してみる。

「雨どうですかー？」

「ダメだな。むしろ強くなってる」

　これはさすがに諦めるしかない。

「仕方ないですね。まあ、失敗も人生ってことで」

妙に含蓄のあることを言いつつ、水澄はパーカーのフードを被《かぶ》る。

「それじゃ先輩、おやすみなさい」

「おやすみ」

隣のテントへ帰っていく水澄を見送り、俺も自分のテント内に戻る。

「……」

水澄がいなくなって途端に物寂《ものさび》しくなった空間を見て、俺は小さく苦笑いする。

寂《さび》しいとか、俺も贅沢《ぜいたく》になったもんだ。

こんな俺が水澄みたいな子と休日にキャンプなんて。

もうそれだけで人生十回分の幸運を使い切ってるはずなのに、これ以上何を望むっていうんだか。

ダメだダメだ。さっきのポーカーといい、変な欲を出すな。

「……寝よ」

俺は軽く歯磨きだけして、さっさと寝袋に入ることにした。

それで今日という一日は終わるはず……だったのだが。

「⁉⁉⁉」

いきなり巨大なナマコに顔面を潰《つぶ》される悪夢を見て俺は飛び起きた。

「んっんぐ⁉　何だ？」

起きたはずなのに何かが顔に覆い被さって目の前が真っ暗だ。

何だこれ……巨大な水風船？

手で押すと簡単に押し返せたが、傍《そば》でバシャッと水が零《こぼ》れたような音がする。

テントの中は真っ暗だ。ライトは天井《てんじょう》に吊《つ》るしてあったはずだが、どこにあるかも分からない。

「スマホは……」

暗闇《くらやみ》の中をまさぐり、寝袋の傍に置いといたはずのスマホを探す。

「あった！」

見つけたスマホのライトをつけるとテント内が明るくなり、俺は状況を察した。

「……マジか」

テントが壊れてる。

顔面に覆い被さっていたのも潰れてきたテントの天井だったようだ。

耳を澄ますと外の雨音も激しくなってる。

おそらく雨の重みにテントを支えるポールが耐えきれなかったのだろう。もしかしたら元々錆《さ》びていたのかもしれない。

思い出の品が壊れたのは残念だが、何年も前の物だし寿命と思って諦めるしかない。

目下の問題は、このあとどうするかということだ。

「……ゲッ！　雨漏《あまも》りしてる」

寝袋の腹の辺りがだいぶ濡《ぬ》れていた。

おそらくテントが潰れた時に小さな穴があいたのだろう。

とりあえず寝袋から出る。幸い服までは濡れていなかった。

「穴塞《ふさ》げば何とか寝られ……ないよな」

テント内もビショ濡れってほどではないが、こんなの外で野宿してるのとほぼ変わらない。

いくら夏とはいえ雨で冷えた日にこれでは風邪を引いてしまう。

しかし、問題の解決策は何も浮かばない。

「……」

いや、本当は一個は思いつく。

というか誰《だれ》でも思いつくことだ……今日の俺はひとりでキャンプに来たわけではないのだから。

でも……さすがにどうなんだ？

このままじゃマズいのは分かってる。

けど、だからって俺から水澄に……頼むなんて、それは。

「高橋《たかはし》先輩！」

「！」

俺が悩んでいると、テントの外から水澄の声がした。

「先輩大丈夫ですか？」

「あ、ああ」

「よかったぁ」

水澄の安堵《あんど》の声。

「とりあえず雨ヤバいですから、私のテント来てください」

「えっ、いや……」

「早く！」

「お、おう」

ピシャリとした水澄の声に急《せ》かされ、とりあえずスマホとリュックを持って俺は壊れたテントから脱出した。

外は凄《すご》い雨だった。

「ほら、先輩！」

テントから出た俺の頭上に水澄は折りたたみ傘を掲げ、豪雨から守ってくれる。

「行きましょ」

「ん」

水澄に従い、俺は隣の彼女のテントへ避難する。

買ったばかりというテントはこの雨でも無事であり、中に入るとライトがついていた。

「いやーヤバかったですねー先輩」

折りたたんだ傘をビニールに入れつつ水澄は言う。

「雨が凄くて起きちゃって。で、外見てみたら先輩のテントが潰れてるんですもん。もう慌てちゃって、先輩生きてるかなーって心配しましたよ私」

「ああ……悪かったな」

「いえいえー、にしてもヤバいですねー」

ヤバいヤバいと言いつつ、水澄の口調はどこか楽しそうだった。

「お前テンション高くないか？」

「私、台風でテンション上がる派閥なので」

それはまたポジティブなことで。

「でも困りましたね。先輩のテントどうします？」

「どうするって言ってもなぁ。補修道具は持ってきてないし」

それ以前にこの雨と暗闇じゃ応急処置もできそうにない。

「留め具してあるから飛ばされる心配はないだろ。置いてきたライトも防水だし」

寝袋はビシャビシャになるだろうが、こっちへ持ってきても乾かす場所がない。そこは諦めるしかないだろう。

「なるほど。じゃあ、とりあえず大丈夫なんですね」

「ああ、心配かけたな」

「いいんですよ別に。それじゃもう一度寝ましょうか」

「そうだな。俺は隅っこにいるから遠慮せず明かり消して……」

「何言ってるんですか。先輩も一緒に寝ましょうよ」

「……ん？」

「どうぞ先輩」

そう言って水澄は封筒型の寝袋をぺろんとめくる。

まさか……その中に一緒に入るのか⁉　ふたりで⁉

「いやいや狭いだろ寝袋にふたりは⁉」

「密着すれば大丈夫ですよ」

「いやいやいやいやいや！」

そういう問題じゃない！

水澄と密着して寝るとか……そんなの想像しただけで頭が爆発しそうだ。

俺が全身で拒否の姿勢を示していると、水澄はションボリと悲しそうな顔をする。

「そんなに私と寝るの嫌ですか？」

「うっ……！」

水澄の傷ついた表情に一瞬動揺する。

「……って！　絶対ウソ泣きだろそれ！」

「ヒドい！　先輩は私を疑うんですか！」

「このっ……！」

間違いなく演技なのは分かってるのだが、その精度が高すぎて本気と見分けがつかない。

こんなところで才能の無駄遣いをしやがって……！

「とにかく……一緒に寝るとか、ダメだろ」

「寝袋はひとつしかないんですから仕方ないでしょう？」

「いや、俺が徹夜すればいいし」

「ダメですよー。明日も遊んでから帰るんですから体力残しておかなくちゃ」

「……だけど」

俺がぐずついていると、水澄はチラッとこちらの顔を見て、

「もしかして先輩、私にいやらしいことするつもりなんですか？」

と、疑うような声音《こわね》で言った。

「そそそんなことしないに決まってるだろ！」

「なら問題ないですね」

「あっ……」

しまった。誘導尋問だったか。

「ほらほら、私も眠いんですから～」

「……」

まだ迷いはあったが、「いや本当はいやらしいことするつもりだ」なんて言える度胸もユーモアも俺にはなかった。

こうなったら平常心を保ちながら、さっさと寝てしまうほかない。

それに要は変なことしなきゃいいのだ、いや、最初からする気はないが。

半ば諦めに近かったが、とりあえず俺はそう固く決意しながら水澄の寝袋に潜り込んだ。

「……ッ」

想定以上に狭い！

お互い背中合わせになって横幅を狭くしているが、それでもかなりギッチギチだ。

絶対に水澄の体に触れないと思っていたが、スペース的に接触は不可避！　背中もお尻《しり》も脚も！　それこそ密着している！

「じゃあ電気消しますねー」

水澄は気にも留めてないのか、そのまま平然とライトを消した。

「二回目ですけどおやすみなさい」

そう言って彼女はあっさり寝始める。

こっちは心臓バクバクだっていうのに！

必死に端に寄ろうとしても常に水澄の体温を感じる。

背中合わせのはずなのに、なぜか彼女の体はどこも柔らかい。特にお尻が……！　密着している部分が熱い……！

それでも寝ようと目を瞑《つむ》るが、アドレナリン出まくりで眠気が全然やってこない。

そのまま何時間も経った気がしたが、スマホを確認してみると十分ちょいしか経ってなかった。

これ結局徹夜することになるんじゃ……？

「先輩、起きてます？」

その時、とっくに寝たと思っていた水澄が話しかけてきた。

「何だよ？」

「あっやっぱり起きてました？」

「……寝れないんだよ」

「ですよねー、私もです」

そう言いながら水澄はクスクス笑う。

「先輩って体温高くありません？」

「こんなすし詰めになってたら熱こもるのは当たり前だろ」

「確かに、雨で気温下がってるのに寝汗掻《か》いちゃいそうですね」

「……」

「『すた☆きゃん』でもこんなシチュエーションありませんよ」

「そりゃな。『すた☆きゃん』に男って出てこないし」

「こんなこと女の子同士でもしないですってば」

まるで俺の返事がトンチンカンだったみたいに水澄は笑う。

「だからこれは、私と先輩だけの思い出ですね」

俺たちだけのって、お前……。

キャンプに来たのはコスプレのためだろうが。

なのに『すた☆きゃん』と関係ないみたいな言い方――じゃあ何でお前はこんなことしてるんだよ？

「……ッ！」

そうツッコめなかったのは、背後の水澄が急にモゾモゾと動いたからだ。

最初は何をしてるのかと思ったが、彼女のお尻の感触が消えて、背中に柔らかいものがふたつ当たるのを感じた瞬間全《すべ》てを察した。

「先輩、こっち向きません？」

水澄が喋《しゃべ》る度に彼女の吐息が首裏をくすぐる。

ゾクゾクとした痺《しび》れが脊髄《せきずい》を突き抜けて、脳がピリピリした。

「な、に……言ってんだよ」

どうせいつもと同じでからかってるだけだ。

だから期待すんな。

「何って、どうせなら顔見て話したいなーって」

「別に、このままでもいいだろ？」

「えー」

水澄は不満げな声を上げる。

「じゃあポーカーのお願い今使います」

「んなっ！　それは卑怯《ひきょう》だろ」

「ほらこっち向いてください。勝者の言うことは絶対ですよ～」

「脇腹《わきばら》くすぐるな！」

こそばゆくてまた体温が上昇する！

抵抗は無意味と諦め、俺は寝袋の中で体を反転させた。

「やっとこっち向いてくれましたね」

「お前が言うからだろ……」

　思ったよりもずっと顔が近い。

　いや、コイツが近いのはいつもだけど、寝袋の中で一緒に寝ているという特殊すぎるシチュエーションが脳をバグらせる。

「水澄、マズいだろこれ」

「マズいって何がですか？」

「マズいもんはマズいって」

　いやらしいことはしないって約束したけど、もうこんなこの状況がすでにいやらしいことしてるようなもんだろ⁉　さっきから胸当たってるし！

「ちょっとハグしたくらいで慌てすぎですよ」

　これがハグ⁉　まさか普通のスキンシップとでも言うつもりか。マジか。

　もう陽《よう》と陰の認識の差に愕然《がくぜん》とする。

　こうなったら水澄が飽きるまで何とか乗り切るしかない……！

「……で、話って……何だよ？」

　我ながら声がガチガチだ。

「んー別に話すのは何でもいいんですけどー」

「だってこのシチュ、青春っぽくありません？」

水澄はイタズラっぽく笑ってみせる。

要は青春っぽいことしたいのか。

「そうですねー、じゃあ夏休みの予定とか」

「予定って言われてもな……」

「去年は何してたんですか？」

「去年は……何してたかな」

ひとりで写真撮ってたと思うが、何を撮ってたのかあんまり覚えていない。

高校に上がってからも風景写真は沢山撮ってたはずだけど、最近はその頃《ころ》のことをあまり思い出せなくなっていた。

その代わりに今の俺の頭の中を占めているのは、水澄との思い出ばかりだ。

彼女のために撮った写真は全部思い出せる。

写真だけでなく、撮るために観たアニメとか秋葉原に行ったこととか、そういう記憶がドンドン詰め込まれていって、去年の記憶を彼方へ押し流してしまっていた。

「あははっ、もしかして何にもしてなかったんですか？　先輩寂しー」

「うるせー」

何にも言わない俺を水澄が冗談っぽくからかってくるので、俺も軽口で応じた。

すると彼女はフフンッと鼻を鳴らして、

「仕方ないですね～。それじゃ今年は私が先輩の予定を埋めてあげますよ」

と、偉そうなことを言った。

これも冗談の流れで言ったんだろうけど、たぶんその通りになるんだろうなと思った。

今年の春からこっち俺は彼女のペースに振り回されっぱなしだ。

どうせ夏休みも同じになる気がする。

でも正直に言うと、俺はそれが全然嫌じゃないのだ。

今日のキャンプもなんだかんだ楽しかったし。

だから、

「そうだな。今年の夏は水澄のために使うわ」

と、俺もそう答えた。

が。

「え？」

俺の返事を聞いた水澄はポカンと口を開けたかと思うと、急に俯《うつむ》いて顔を隠した。

「……水澄？」

「なっ何でもないです！」

どうしたんだ急に？

「……あれ？　水澄耳赤くないか？　やっぱ暑いんじゃ」

「違うんで……あの、一分くらい黙っててもらえます？」

「え？」

そのまま一分、水澄は沈黙を続け、俺も彼女が顔を上げるのを待った。

「……はい。どもです。不意打ち喰《く》らいましたけどもう無問題《モウマンタイ》です」

「本当に大丈夫か？」

「へーキへーキ」

なんか棒読みっぽいんだが。

俺が心配していると……そこで急に水澄が意地悪な笑みを浮かべる。

「ところで先輩、今年の夏は私のために使うってさっき言いましたよね？」

「え？　あ、ああ」

「本当ですね？　言質《げんち》取りましたからね？　あとから撤回とかナシですからね？」

「お、おう」

勢いが凄い。

……早まっただろうか？

「えへへ、今から夏休みが楽しみです」

「その前に期末と街フェスだな」

「ぐへぇー」

第五章◆◆◆進堂さん、再び

月曜日。昼休みの部室で水澄《みすみ》は再びグダッていた。

「二週間も部活がないってマジですか～」

「仕方ないだろ、テスト期間なんだから」

来週の期末テストが終わるまで部活動は休みだ。

写真部も当然例外ではなく、放課後は部室も使えなくなる。

「テストマジダルなんですけどぉ」

「それは同感」

ジューッと紙パックのジュースを飲みながら肩を竦《すく》める。

世のご多分に漏《も》れず、俺《おれ》もテストは好きじゃない。

特に苦手なのは数学だ。数列を見ると頭がクラクラしてくる。

逆に語学なら多少興味があるから、英語の成績はまあまあなんだが。

「まあ、お互い補習にならないように頑張るしかないだろ」

「ですねー……あっ！」

その時ふと水澄が何か思い出したみたいに顔を上げる。

「そうだ！　先輩一緒に勉強会するって言ってたじゃないですか！」

「……あ」

そういや言った気がする。

よっぽど思い出したのが嬉《うれ》しかったのか、水澄は途端に元気になった。

「それじゃ、今日の放課後校門で待ち合わせですからね！」


というわけで放課後、俺たちはファミレスに来ていた。

学生の勉強会といえば図書館かファミレスなので、場所のチョイス自体は別に普通だ。ただ気になるのは……。

「ところで、何で進堂《しんどう》もいるんだ？」

「私が誘ったんですよ」

俺の質問に水澄が答える。

「ふたりのお邪魔かなと思ったんですけど」

進堂はチラチラと俺の顔を見てくる。

「いや、そんなことないから」

まだ何か誤解されてる気はしたが……まあいいか。

「とりあえず入るか」

「はい」

「そうですね」

俺たちはファミレスに入り、四人席に案内してもらう。

席は普通に一年ふたりが並んで座り、俺がその対面にひとり。鞄《かばん》などの荷物は俺の横にまとめて置いた。

「ドリンクバー三つでいいよな？」

「ポテトも食べたいです」

「了解」

店員さんにドリンクバーとポテトを頼み、三人で飲み物を取ってきたところで鞄から教科書とノートを取り出す。

「それじゃ、あとはまじめに勉強するか」

「はーい。先輩教えてくださーい」

「まずは自分でやれって」

「むぅ～。それじゃ奈緒《なお》ちゃん教えて～」

「いいよ」

こうして各々自分のテスト勉強を始めた。

まあ、と言っても普通に問題集をやるだけだが。

……って、分かんないとこ多すぎだ。

いつもならすぐ答えのページを丸写しするところだが。

「ねぇここってもうやったっけ？」

「それはこの文法を……」

反対側の席で水澄と進堂が英語の勉強をしてる。

あんなに嫌々言ってたわりに、水澄も結構まじめにやってるようだ。

……しゃーない、せめて教科書見て公式から調べるか。

そんな感じで勉強会は続く。

しかし、最初は驚いたが進堂が来てくれてよかった。

やっぱり同じ一年同士の方が勉強の教え合いもスムーズみたいだし。

俺じゃしっかり教えられるか怪しいしな。

ただそのお陰でテーブルのあっちとこっちで顔面格差がエグいことになってる。

進堂もスカートじゃなければイケメンそのものだし、水澄は言わずもがなだ。

店員さんから見たら、このふたりの間に俺がいるのはさぞ不思議だろう。

「……飲みもん取ってくるわ」

俺はカラのコップを持って一度席を離れた。

「……」

あれ？　……変だな。

レモンティーのボタンを押しながら、何かよく分からないモヤモヤが自分の中にあると気づいた。

こっそりと後ろを振り返ると、水澄と進堂が仲よく勉強している。

それを見て、またモヤッ……。

何だこれ？

「……あっ！」

変な気分に囚《とら》われていたらボタンを押しすぎた。

俺はドリンクバーの横にあった布巾でこぼしたレモンティーを拭き、ちょっと濡《ぬ》れたコップを持ってテーブルに戻った。

「あ、お帰りなさい。私もジュース取ってきますね」

「ん」

「奈緒ちゃん、一緒に行こう」

「うん」

入れ替わりで水澄と進堂が飲み物を追加しに席を立った。

荷物番とか考えたら、入れ替わりで移動するのは普通のはず。

なのに、何でか俺は離れていったふたりを目で追った。

彼女たちは楽しげに話しながら飲み物を選んでいる。

モヤッ。

「……」

「……⁉」

まさか俺、嫉妬《しっと》してんのか？

進堂は女の子だぞ？

「ども１戻りました１」

「……！　お、おう」

戻ってきた水澄たちは再び対面に座り、勉強の続きをする。

と、またすぐに水澄の手が止まった。

「奈緒ちゃん、ここなんだけどさ１」

「うん？」

……あ！

水澄が進堂に勉強を教わる姿を見て、不意に気づく。

違う……嫉妬じゃなくて、これ。

俺……水澄とふたりきりじゃないのが残念だったんだ。

「〜〜〜トイレ！」

自覚した瞬間、顔から火が噴き出しそうになり慌てて俺はもう一度席を立った。

「……マジか、俺」

トイレの個室に閉じこもった俺は、熱くなった顔を両手で覆《おお》いながら呟《つぶや》いた。

そりゃ水澄に勉強会に誘われた時は「またふたりでか」と思ったのは確かだ。

でも別に向こうはふたりでなんて最初から言ってない。

だったら彼女が進堂を誘っても問題なんかないだろ。

それ以前に何を自然にふたりきりだと思ってたんだ。

確かにふたりで出かけたり遊んだりすることが増えたとはいえ、それが当たり前と思うのは調子に乗りすぎだろ。

まあ……念のため一年の範囲を復習してきたのが無駄になったわけだが。

とにかく自重しろ、俺。

「！」

気持ちを切り替えるために自分の頬《ほお》を叩《たた》く。

と、ちょうどそのタイミングで別の客がトイレに入ってきて、ギョッとした目で見られた。

俺はさっきとは別の意味で恥ずかしくなり、そそくさとトイレを出て席に戻る。

「先輩おかえりなさーい」

「うん？　なんだもう休憩か？」

水澄と進堂は勉強の手を止めてポテトと、いつの間にか追加注文していた唐揚げをつまんでいた。

「あっ、先輩も唐揚げどうぞ！」

「んむっ⁉」

水澄の不意打ち。座った直後に口に唐揚げを突っ込まれる。

「お、お前な～」

「あはは、おいしいですか？」

「旨《うま》いけど……」

答えながらも、つい進堂の視線を気にしてしまう。

ほらもう「やっぱりつき合ってるんじゃ？」みたいな目で見られてるし！

「そうだ先輩。実は相談があるんですけど」

俺の心配をよそに、水澄がそんなことを言ってくる。

「相談？」

「私っていうか、奈緒ちゃんからなんですけど」

「？」

進堂から、俺に相談？

内容が全然想像つかないが、とりあえず彼女の方に視線を向ける。

「あの、その……」

「うん？」

「私……もう一度コスプレしたいんです！」

たっぷり言い澱《よど》んだあと、意を決したように進堂はそう言った。

「それは……別にいいというか、俺より水澄に頼んだ方がいいんじゃないか？」

コスプレの衣装を持ってるのは水澄だ。

もちろん知識だって彼女の方がある。わざわざ俺に頼む必要は……。

「えっと、実は私も街フェスに出ないかって水澄さんに誘われて」

「ええ⁉」

もう一度コスプレしたいというのも意外だったが、イベントに出たいというのにはさらに驚いた。

ていうか水澄が誘った？　どういうことだ？

「……」

俺が視線で彼女に説明を求める。

「まずニャワンで『またコスしたい』って相談されて『いいよー』って答えてー、話の流れで

『次街フェス出るつもり』って話してー、『奈緒ちゃんも一緒に出る？』って感じで」

「……なるほど」

ふたりの間でどんなやり取りがあったのかは大体分かった。

「で、街フェスのことはさすがに先輩にも相談しなきゃなーと思って」

「そういうことか」

進堂を誘った理由が明かされ、俺は幾分か納得する。

それにしても彼女って結構流されやすい子なのか？

最初のコスプレもそうだが、そもそも陸上部で王子様を演じてたのも周囲の期待に応《こた》えようとしたからだし。

まあ常に水澄に流されてる俺が偉そうなこと言えないが。

「にしてもいきなりイベントに出るって、大丈夫か？」

「えっと？」

「コスプレしたいだけなら部室でもできるし」

水澄もだいぶノリで誘った感があるし、念のため確認しておく。

「確かにそうなんですけど……実は、この前水澄さんとコスプレしたのが凄《すご》く楽しくて」

進堂は照れたように笑い、水澄がドヤ顔で頷《うなず》く。

「だからイベントがあるなら出てみたいなって。あと実は最近陸上の方スランプだったんですけど、コスプレしてからタイムが伸びて、夏の大会前に験担《げんかつ》ぎしたいというか」

「ん。なるほど」

コスプレでタイムが伸びたって、ほかの人が聞いたら意味不明だな。

しかし、スポーツでもメンタルは重要だと聞く。コスプレによるストレス発散がタイムの伸びに繋《つな》がったというなら分からなくもない。

ただ今回も同じ効果が期待できる保証はない……が、そこは本人も言うように「験担ぎ」に近いのだろう。

まあ何はともあれ。

「それならいいけど……水澄、結局何のコスプレするんだ？」

俺が尋ねると、水澄は腕組みをして楽しそうに唸《うな》る。

「そうですねー。せっかく奈緒ちゃんと一緒に出るなら、ふたりでできるコスがしたいです」

「ふたりで……っていうと『マジキュア』みたいにコスを揃《そろ》えるってことか？」

「はい！」

水澄は笑顔で頷くと、進堂に視線を向ける。

「ってわけで、奈緒ちゃんは何かやりたいコスってある？」

「えっ、えっ？　急に言われてもなぁ」

「何でもいいよ？　また『マジキュア』でもいいし」

「う～ん」

水澄はぐいぐい行くが、進堂はますます困った顔だ。

「そんなのすぐに思いつかないだろ」

俺は少し呆《あき》れながら口を挟む。

水澄は一瞬黙ったが、すぐに「あっ！」と何か思いついた顔になる。

「そうだ！　それじゃ部室も使えないし、あそこ行ってみましょうよ」

「あそこって？」

俺が尋ね返すと、水澄はニヤリと笑って、

「コスプレスタジオです！」

と、ファミレス中に響く声で言った。


翌日の放課後、俺たちは三人で再び集まって秋葉原に来ていた。

「ここか？」

「はい」

「意外と普通だな」

水澄に案内されたのは白い壁の小綺麗《こぎれい》なビルだった。

「昨日電話したら偶然予約あいててー、ホントラッキーでしたよ」

ウキウキとした様子で水澄は俺と進堂の顔を見る。

「ここ衣装も貸してくれるから、奈緒ちゃんの好きなやつもきっと見つかるよ」

「うん」

「んじゃ入るか」

俺たちはコスプレスタジオの中に入る。

短い廊下を歩いてエレベーターに乗って五階へ。

エレベーターを降りると空調の効いたロビーは目の前で、受付のお姉さんは俺たちに気づくとすぐ笑顔を浮かべた。

「こんにちはー、予約した水澄ですけど」

「はい。水澄様ですね、少々お待ちください」

予約の確認が終わるまでしばらく待つと、受付のお姉さんは「どうぞ」と奥へ案内してくれた。

「本日はファンタジースタジオになります。更衣室と衣装部屋はスタジオの中に扉がありますのでそちらから。コスプレしたまま廊下に出るのはご遠慮ください」

「分かりましたー」

水澄の横で一緒に説明を聞きながら、俺はスタジオ内をキョロキョロしていた。

ファンタジースタジオと聞いたが、見た感じ中世のお屋敷風の内装だろうか。

アンティーク的な調度品や椅子、綺麗《きれい》なカーテンにカーペットと、確かに現代日本からはかけ離れた雰囲気のあるスタジオだった。

「先輩、どうかしました?」

「ん。結構思い浮かべてたのと違ったから」

「え? そうですか?」

「俺の知ってる撮影スタジオっていうと、もっと撮影機材だらけだから」

「あー、確かに雑誌の撮影で使うスタジオってもっと味気ない場所ですよね」

「いや、あれは余計な物が写らないようにするためで……」

でも確かに、普通の撮影スタジオって何ていうか『真っ白!』って感じだ。

あれはあれでプロの仕事場という雰囲気があって俺は好きだが、このコスプレスタジオもいろんな物があってワクワクする。

「じゃあ、俺はカメラの準備しとくから」

「はーい。それじゃ奈緒ちゃん、私たちは衣装選んで着替えよ」

「うん」

水澄と進堂は衣装部屋へ移動する。

事前に受けた説明によると、レンタルできる衣装は二百着弱あるらしく、ラインナップも充実しているらしい。

さて、最初のコスプレは何なのか？

カメラの準備とスタジオの見学をしながら待っていると――やがて、彼女たちが更衣室から出てきた。

「うおっ⁉」

み、水澄のこの衣装は⁉

「ジャジャーン！　『獣槍《じゅうやり》』のウェアウルフ様でーす」

以前ショップで見た胸元《むなもと》に謎《なぞ》穴があいてる衣装だ！

PVを観《み》てから『獣槍』のアニメを追い始めたが、内容は異世界戦記物でストーリーにエロはない。

だがなぜか服に穴はあいている。理由は不明だ。

しかも作中で一番カッコいいウェアウルフの衣装が一番露出度が高い。

それを着た水澄はもう直視できないくらいエッチだった。

「いやー見つけたから思わず着ちゃいました。最新衣装まで置いてあるなんて、このスタジオマジサイコーですね」

「お、おう」

なんとか水澄を正面から見ないようにするが、そんな俺を見て彼女はニヤッとする。

「先輩、これ見たがってましたもんねー。どうですどうです？　似合ってますか？」

「そう…だな。似合ってはいる」

「んー？　具体的にどこがいいですか？」

「そりゃ、みっ耳とか？」

「ケモミミかわいいですよねー」

水澄は質問しながら俺を上目遣《うわめづか》いに見てくる。

その仕草が微妙に胸を突き出すような格好で……ホント……マズい！

「しし進堂のそれ！　それは何のコスプレなんだ⁉」

俺は無理やり話題を変える。

「えっと、私のは『獣槍』のミーティアですね」

そう言って衣装の後ろ側も見せてくれる猫耳の進堂。

どうやらミーティアというのは猫少女のようで、そのスカートの辺りから猫の尻尾《しっぽ》が生えている。

「それも『獣槍』なのか？　アニメじゃまだ出てきてないな」

「原作的にたぶん再来週くらいに出てくると思いますよ」

俺の疑問に水澄が横から答える。

「狼《おおかみ》と猫か。ちなみに、何かそれを選んだ理由ってあるのか？」

再び俺が質問すると、水澄がフッとドヤ顔しながら進堂の腰に抱きつく。

「ウェアウルフ様とミーたんはですね、ケモっ娘百合《ゆり》なんですよ！」

「……百合？」

百合って、確か『バトキン』の『まなあお』でも見たことある気が……でも実はまだよく分かってないんだよな。

首を傾《かし》げる俺に水澄はチッチッチと指を振る。

「百合っていうのは女の子同士の尊い関係のことです」

「尊い？」

「そうですよ」

水澄は厳かに頷く。

「ミーたんはウェアウルフ様の部下なんですけど、ふたりの関係がまたエモいんですよ。孤児だった彼女を将軍のウェアウルフ様が拾って育ててー、でもめっちゃ不器用なせいでなかなか仲よくなれなくて焦《じ》れったくて、ゆっくりゆっくり心を開いていくのがまた奥深いというか」

熱く語ってもらってもまだよく分からなかった。

まあ要するに、お互いにかけがえのない存在ってことだろうか？

「というわけで今から私と奈緒ちゃんと百合百合するので、ちゃーんと撮ってくださいね」

「りょ、了解」

今日はサンプルとして写真を撮る。

ポーズはふたりにお任せで、写り映えとかも見ながら最終的に街フェスに着ていく衣装を決める予定だ。

「それじゃ適当に撮るから、好きにしてくれ」

俺はカメラを彼女らに向けながら撮影をスタートする。

「ミーティア」

水澄は早速役に入り込む。

表情は凛々《りり》しくキリッとして、しかしミーティアへ捧《ささ》げる眼差《まなざ》しはやさしい。

さっきババババーッと説明されたが、百の言葉より水澄の仕草ひとつの方がふたりの関係を雄弁に伝えてくる。

「あっ……」

ウェアウルフの指先がそっとミーティアのあごに触れる。

壊れ物を扱うように丁寧な触れ方……だが、どこか触れることを怖がっているようにも見えて、ウェアウルフの躊躇《ためら》いが感じられる。

彼女はミーティアが本当に大切で、大切すぎて触れることすら恐れているようだった。

「……」

まだ俺が観た範囲のアニメでは、ウェアウルフはまさに一騎当千の将軍として大活躍している。

その強さで敵を薙《な》ぎ払《はら》い、数多の屍《しかばね》の山を戦場に築き、部下から頼られる女傑だった。

ただ……確か三話だったかな？　子供の兵士が死んでいるのを見つけて、何か憂いを帯びた表情を浮かべていた気がする……。

もしかしてあれが伏線なのだろうか？

それでミーティアを拾った？

うぅ～、水澄のせいでアニメの続きが気になる！

それはそれとして、そこまで俺に想像させる彼女の表現力に脱帽する。

しかし一方。

「あっ……」

水澄のウェアウルフの演技に、進堂は絶句している。

キャラが憑依《ひょうい》したような彼女のコスプレに戸惑いを隠せないようだ。

「……奈緒ちゃん？」

進堂が動かないので、水澄も演技を解いて素に戻る。

「えっと、ご、ごめん！」

「ううん」

思わず謝った進堂に、水澄は気にしてないと首を横に振る。

しまった……これは予想しておくべきだったか。

以前『マジキュア』のコスプレをした時、水澄は本気を出していなかった。

別に手を抜いていたというわけではなくて、あの日は進堂のためのコスプレ会だったから彼女に合わせていたのだ。

対して今日の水澄は街フェスに向けて、真剣な衣装選び……ガチなコスプレをしている。

その差に進堂が面喰《めんく》らうのは無理からぬことだろう。

「私の方こそごめん！　つい先輩といつものノリで始めちゃったから、何のシーンのポーズやるかとか先に決めよ？」

「う、うん」

戸惑いつつも進堂は頷き、一度撮影は中断することになった。

「……」

話し合うふたりを俺は少し離れて見守る。

水澄の本気に萎縮《いしゅく》して進堂が帰ってしまったらどうしよう？

「センパーイ、お願いしまーす」

そんな心配をしていると、再び水澄に呼ばれて彼女たちの元へ行く。

「それじゃ奈緒ちゃん、やろっか！」

「うん頑張るよ、水澄さん」

おや？

進堂の表情から戸惑いが消えてる。

少し離れていたから彼女たちの会話は聞こえていなかったが、何か水澄からアドバイスでももらったのだろうか？

「ミーティア、おいで」

「ウェアウルフ様……」

天蓋付きのベッドに腰かけたウェアウルフが、手を差し出してミーティアを呼び寄せる。

進堂……ミーティアはおずおずとベッドに乗ると、猫のように体を丸めてウェアウルフの膝《ひざ》に頭を預けた。

その猫耳の生えた頭をウェアウルフがやさしく撫《な》でる。

「気持ちいいか？」

慈愛に満ちた声でウェアウルフが尋ねる。

「は、はい……」

それに進堂は緊張を孕《はら》んだ声で答えた。

そのぎこちなさは進堂自身のものかもしれないが、ミーティアを演じていると言われても違和感はなかった。

おそらくはウェアウルフの屋敷での日常のひと幕……午睡《ごすい》のシーンだろうか？　猫の獣人だ

から昼は眠いとか？　そんなやさしい情景が想像できた。

俺はふたりの表情をファインダーに収める。

角度を変えながら十数枚写真を撮り、次のシーンへ。

「ミーティア、お前は私が護《まも》る」

「そんな……けど！」

「お前さえいれば何もいらない」

次はかなり情熱的なシーンのようだ。

ウェアウルフの決意に満ちた表情がカッコいい。

それに引っ張られるように進堂も不安げに顔を歪《ゆが》めている。

彼女もミーティアの雰囲気が徐々に出てきた。

その後も彼女たちが決めたシーンをいくつか撮り、『獣槍』のコスプレは一度終了する。

「ふぅ……」

緊張を解いた水澄は肩の力を抜き、パッと表情を輝かせて隣の進堂を見る。

「奈緒ちゃんお疲れ～。めっちゃかわいかった～」

「ありがとう。水澄さんもすっごくカッコよかったよ」

「ウェアウルフ様だしね～。『甘えは許されない』っていうか」

アニメのセリフだろうか、水澄はウェアウルフっぽい口調でそう言って、それから俺の方へ視線を移した。

「先輩、写真見せてくださーい」

「ああ。ノートPC持ってきてないから、悪いけどカメラの方で見てくれ」

「はーい。奈緒ちゃん一緒に見よ」

「うん」

「……」

俺は水澄にカメラを手渡したあと、一度ファンタジースタジオの外に出た。

「うーん」

廊下の壁に背を預け、俺は唸る。

それは撮影中に気づいた違和感のせいだった。

どうするか。

水澄に言うべきだろうか?

いや、けど俺の勘違いかもしれないし……。

「うーむ」

結局、結論が出せないまま時間を潰《つぶ》し、再びスタジオ内に戻った。

「あっ！　どこ行ってたんですか先輩？」

「悪い。ちょっとトイレに」

「ノゾキに行ってたんですか？」

「変態か⁉」

進堂もいるのに変なこと言うな！

まあさすがに冗談と伝わったのか、進堂も困った顔してるけど。

「時間ないのにどっか行っちゃう先輩が悪いんですよー」

「あー……黙っていなくなって悪かったよ」

ふくれっ面の水澄に謝罪。

いちおうそれで許してくれたのか、リスみたいになってた頬が元に戻った。

「じゃあ私たちは次の衣装に着替えてきますね」

そう言って水澄と進堂はまた衣装部屋へ移動する。

それからもふたりは様々なコスプレを試した。

『壊怪《かいかい》』の雪女とターボ女とか。

『ビリリビ』の寒奈《かんな》と夏希《なつき》とか。

初代『マジキュア』のレッド&ブルーとか。

あともういろいろ。

どの衣装もふたりによく似合っていたし、進堂も事前にポーズを決めればちゃんとシーンの再現もできていた。

中にはいいと思える写真もあり、サンプルとしては十分なものが撮れたと思う。

そうしてスタジオの使用時間いっぱいまで撮影を続けた。


その日の撮影を終えてスタジオを出ると、外はすっかり暗くなっていた。

「とりあえず、喫茶店《きっさてん》で写真見よっか」

「そうだね」

「だな」

俺たちは秋葉原駅近くの喫茶店に移動し、飲み物とついでに軽食を注文した。

それから三人で顔を突き合わせ、カメラのギャラリー画面を見ながら今日の成果をひとつずつ確認していく。

「奈緒ちゃんのターボ女、脚セクシーだね」

「水澄さん脚ばっかり見るね?」

「だって先輩が脚ばっかり撮ってるし」

「……高橋《たかはし》先輩?」

「ぐ、偶然だ！」

いい写真を撮ろうとしたら偶々《たまたま》そうなっただけで！

まあ、実際いい脚してるから自然とそうなったとも言えるけど……変態みたいだから言わない。

「『マジキュア』の初代もやっぱいいよねー。見たの再放送だけど、必殺技ほとんどないから基本肉弾戦でさー。奈緒ちゃんはレッドとブルーどっちが好き？」

「私はブルーかなー」

「あ、やっぱり？　ブルー足技メインだもんね」

「そうそう……って、水澄さん脚好きすぎじゃない？」

「えーっ、だって胸は遺伝だけど脚は違うじゃん？　自分で鍛えてるーって感じがするから、綺麗な脚って惚《ほ》れ惚《ぼ》れするんだよね」

「あっ！　ちょっと！」

水澄に太腿《ふともも》を触られそうになって進堂が慌てて手で防ぐ。

やっぱりこういう女子同士のじゃれ合いを横目に見るのって恥ずかしい……。

「『ビリリビ』は奈緒ちゃん的にどうだった？」

「私『ビリリビ』途中までしか読んでないんだよね……」

「ありゃ？　言ってくれればよかったのに」

「衣装かわいかったから着てみたくて」

「分かるー。かわいい服見ると着たくなっちゃうよね」

「うん。普段はあんまりヒラヒラした服着ないから」

「スカート嫌い？」

「嫌いじゃないけど、パンツスタイルの方がいいって皆言うんだよね」

「確かに奈緒ちゃんデニムとか似合いそう」

徐々にコスプレから脱線する話題。

楽しそうなのに水差すのは気が進まないが……。

「おーい、結局どのコスプレにするんだ？」

「うーん」

俺が話を戻すと、水澄はストローを咥《くわ》えながら軽く腕組みする。

「どうしますかねー？　なんかどれもよくって……迷っちゃうというか」

「街フェスは期末終わったらすぐだぞ？」

「分かってますけどー」

ストローをピコピコさせながら水澄は天井《てんじょう》を仰《あお》ぐ。

元々何のコスプレにするか悩んでいたが、結構長引いてしまったな。

こうやって悩むのも醍醐味《だいごみ》かもしれないが……さすがにそろそろ時間がない。

「ごめん、ちょっとお手洗い」

と、その時進堂が断りを入れて席を立つ。

「いってらー」

ぐりんぐりんと頭を回しながら見送る水澄。

いや、何だその動き、悩んでるのを表現してるのか？

「先輩はどれがいいとかあります？」

「そうだな……」

話を振られたので、俺も改めて写真を見る。

……うん、さすがふたりとも顔がいいというか、写真映えはいい。

俺と違って進堂は元々マンガもアニメも嗜《たしな》むようなので、キャラや作品の特徴を掴《つか》んでいるのだろう。お陰でシーンやキャラの再現もできてる。

水澄との息もそこそこ合ってるし、衣装もしっかり合わせれば、街フェスでも結構めだてるんじゃないかと思う。

思う……思うんだけど。

「水澄」

「はい？」

俺はどうしても気になっていたことを尋ねることにした。

「お前さ、セーブしてないか？」

「……」

水澄はすぐ返事しなかった。

それがたぶん答えだ。

「進堂に合わせてるだろ」

「ですね」

俺の追及に水澄は素直に頷く。

だろうなとは思っていたが、やはりそういうことだったか。

今日の撮影が悪くなかったのはふたりの息が合ってたからだ。

でも、水澄が本気を出した時のキャラへの没入感、その再現度を真似《まね》るのはかなり要求値が高いはずだ。

ふたりのモデルの技量に差があると息が合わず、撮影自体が上手《うま》くいかないことが多い。

なのに今日は上手くいった。

水澄が進堂に合わせて力をセーブしていたからだ。

別に手を抜いてるってわけじゃないんだろうが……。

「私が奈緒ちゃんに合わせるって言ったんですよ」

今度は水澄の方から口を開いた。

「最初驚かせちゃったから、私が奈緒ちゃんのペースに合わせるねって言って」

一度撮影を中断したあとで、進堂の顔から戸惑いが消えていたのはそのためか。

まあ確かに、いきなり水澄に合わせるのは彼女にはキツかっただろう。

お陰で今日の撮影は上手くいったとも言える。

しかし。

「本番でもそうするつもりか？」

俺は水澄の横顔を見つめながら尋ねる。

今の状態でやろうとしたら、本番でも力を抑えてやるしかない。

それがダメってことはないのだろうが……。

「本当にそんなんでいいのかよ？」

「そんなんって言い方なくないですか？」

「いや、言い方は悪かったかもしれねーけど……」

茶化《ちゃか》して誤魔化《ごまか》そうとするので、俺はしつこく言う。

「……せめて進堂に頼んで、もっとペアのポーズを練習するとか」

今日の撮影を見るに、進堂はアドリブはともかく、事前に打ち合わせすれば応えられるタイプだ。

街フェスまでに水澄のリードで練習を重ねれば、ペア間の技量のアンバランスも矯正できるだろうし、本来の意味で息も合ってくるはずだ。

カメラマンの視点からそう思うがゆえの提案だったが——水澄は首を横に振る。

「ダメですって、もうすぐ期末ですよ？」

「あっ」

「テスト前にそんなことで時間取ってなんて言えませんよ」

確かにそれは言いづらい。

「それに奈緒ちゃんは楽しむために参加するんですから、私の事情に巻き込めませんよ」

水澄はそう言って肩を竦めるが、まだ俺は納得がいかない。

「だったら……何で進堂をイベントに誘ったんだ？」

彼女を街フェスに誘ったのは水澄の方からだ。

ただコスプレを楽しむなら部室で一緒にやるだけでよかったし、むしろ今はそうすべきだったと思ってしまう。

「水澄ひとりなら最初から何の問題もなかっただろ？　どうして……」

「……だって、高校ではじめてできたコス友なんですもん」

水澄はちょっと目を逸《そ》らしながら答える。

「前も言いましたけど、マンガとかの話ができる同年代の友達って今までいなかったんですよ。だから嬉しくて、コスプレにも興味持ってくれたし、一緒にイベント出たかったんです」

「そりゃ……でもお前」

共通の趣味を持つ友達っていうのはいるだけで嬉しい。

それは分かる。特に今までそういう友達がいなかったなら、余計に舞い上がるのは仕方ないだろう……それでも、と俺はモヤモヤして、

「水澄はプロ目指してるんだから、どんな時も全力を出すべきなんじゃないのか？」

お節介かもしれないが、つい口を出してしまう。

「まースポ根ならそれが正しいんですけど」

「なら」

「でも、コスプレは別に誰《だれ》かと競うものじゃないので」

「……！」

水澄の言い分を聞き、俺は少しなるほどと思う。

スポーツなら大会があるし、写真とかならコンクールとか雑誌の賞がある。

そこには確実に競争があって、勝ちたければ誰かを負かすしかない。

だけどコスプレは違うと水澄は言いたいわけだ。

「コスプレで一番大事なのはコスプレを楽しむことですよ、先輩」

「だから進堂に合わせるのか？」

「だって奈緒ちゃんにもイベントを楽しんで欲しいんですもん」

元々は夏コミ前に何かもう一個という話だったはずだが、進堂が現れたことでそれが少し変わった。

でも水澄は友達を優先することを躊躇わない。

「私のせいでコスプレってなんか大変とか面倒とか思って欲しくないですし、そんな風に友達に思わせるのは私自身も嫌です」

「……そうか」

「それにスポ根マンガでだって『楽しむ者が一番強い』ってのは定番ですから。常に自分が一番楽しいと思えるようにやるのが最強ですって！」

「そういうもんか」

水澄がそう言うならこれ以上は何も言えない。

だって『バトキン』の時みたいに怖《お》じ気づいているわけではないのだ。

あくまで友達の進堂にも楽しんでもらうため、彼女に無理をさせたくないという水澄のやさしさだ。そして楽しむことがコスプレをする上で大事だと彼女自身も思っている。

それでもプロ目指してるならもっと真剣にストイックになれよ……なんて思ってしまうのはお門違いなのだろうか？

「……ただいまー」

「おかえりー」

その後、進堂もトイレから戻ってきた。

またしばらく衣装について話し合ったが、いい加減遅い時間だったこともあり、結局今日も決められないまま解散することになった。


その日の深夜。

もう寝ようと思っていたら、スマホに電話がかかってきた。

「えっ⁉ 進堂？」

画面に表示された名前を見て俺はギョッとする。

いちおう連絡用にと番号を交換していたが、まさか本当にかかってくるとは……。

ていうか、なぜ俺に電話を？

待たせすぎもマズいと思い、仕方なく通話ボタンを押す。

「はい……高橋ですけど」

『高橋先輩、夜分遅くにスミマセン』

電話の向こうから聞こえてきたのは普通に進堂の声だった。

何かよく分からないが実は進堂以外の誰かが電話してきた可能性も考えていたが、さすがにそんなことはあり得なかったようだ。

「遅いのは別に、いいけど……な、何の用だ？」

緊張のせいでつい硬い声になってしまう。

が、どうも向こうも緊張してるのは同じようで、彼女も答えるまでにいくらか間があった。

『高橋先輩に訊《き》きたいことがあるんですが……』

第六章◆◆◆高橋君と進堂さんの秘密特訓

「え？　街フェスのコス、月様《つきさま》にするの？」

「うん。やっぱり一番好きだし、水澄《みすみ》さんとコスするのも楽しかったから」

コスプレスタジオに行った翌日、三人で集まった時に進堂《しんどう》は水澄にそう提案した。

「そっか。それなら私も陽様《ようさま》にしよっかな」

「ごめんね。昨日せっかくスタジオまで予約してもらったのに」

「ううん、全然いいよ」

謝る進堂に水澄は笑顔で首を横に振る。

「それに月様陽様ならもう衣装もあるし、手直しもほとんど必要ないから私も助かるよ」

水澄はそう言ってから、その笑顔を今度は俺《おれ》に向ける。

「じゃあ、次は先輩の準備ですね」

「俺？」

「いつもの勉強会ですよ。土日に『サン&ムーン』を一緒に一気見しましょう！」

さも当然といった顔で水澄は言ってくる。

またアニメ一気見とか無茶なことを言うが、まあそれ自体はいつものこと。

ただ今回はちょっと問題があった。

「あー……スマン、水澄」

「へ？」

俺の返事に水澄はきょとんとする。

「ちょっと土日は別の用事があるんだ」

「そうなんですか？　それじゃ別の日に……」

「いや！　今回は俺ひとりで観《み》とくよ」

日程をズラそうとする水澄に俺は慌てて言う。

「え？　先輩ブルーレイとか持ってるんですか？」

「いや、アニメ見放題のサブスクってあるだろ。あれ親父のPCで登録したから」

「えーいいなー。私もサブスク使いたいんですけど、スマホだと画面ちっちゃいんですよね」

家にパソコンがないらしい水澄は羨《うらや》ましそうにする。

「じゃあ先輩ひとりで『サン&ムーン』観るつもりですか？」

「ほら、テスト前でお互いまとまった時間も取りづらいだろ？　勉強もしなきゃだし、自分のペースでちょっとずつ観ておくから」

「むぅ……まあ、先輩がその方がいいって言うなら」

水澄は若干不満そうだったが渋々と引き下がった。

いつもならもっとぐいぐい来ただろうが、テスト前というのもあって遠慮してくれたのだろう。

「……」

スマン水澄……。

心なしかションボリしてる彼女に対し、俺は心の中で謝っておいた。


そして放課後はまた三人で集まって勉強会を開いた。

「先輩、ここ分かります？」

「え？　あー何だったっけ……？」

水澄に聞かれたのは日本史の問題だったが、さっぱり分からなかった。

「スマン、分からん」

「ブッブー、答えは勘合貿易でーす」

「答え知ってんじゃねーか！」

「復習になったでしょう？」

「歴史は苦手なんだ。英語だけ聞いてくれ」

「じゃあ英語教えてください」

今日の水澄はやたら俺に質問してくる。

この前は進堂と範囲を教え合ってたのに、何でなんだ？

妙に水澄がくっついてくるせいで、向かいの席の進堂が気まずそうだし。

「……っと、もういい時間だな」

俺は時計を見上げ、ややわざとらしく呟《つぶや》く。

「今日はこれで解散ってことで」

「えー、まだ外明るいですよ？」

「夏だからだろ。それに進堂だって、そんな毎日毎日帰りが遅くなるのはマズいだろ？」

「そうですね」

「そっかー。じゃあ仕方ないですね」

というわけで、今日は早めにお開きとなった。

駅で進堂と別れ、地元駅に着いたところで俺と水澄も別れる。

「それじゃ先輩、また明日」

「あー、また明日な」

「ちゃんと『サン&ムーン』も観ておいてくださいよ？」

「分かったって」

俺は頷《うなず》き、水澄は手を振って家へ帰っていく。

「……」

その後ろ姿が見えなくなるまで俺は彼女を見送った。

それから改札の方に戻る。

「進堂ー？」

「はい」

俺が名前を呼ぶと、進堂が柱の陰からひょっこり顔を出した。

彼女は改札から出てきてキョロキョロする。

「水澄さんは？」

「もう帰ったよ。大丈夫だから」

「そうですか」

念のため確認しただけだろうが、進堂はホッとした顔をする。

俺も彼女もこの密会を水澄に知られるわけにはいかなかった。

「えーと、それじゃ俺ん家こっちだから」

「了解です」

「……じゃあ、行くか」

「はい」

俺は進堂と一緒に普段通ってる帰り道を歩く。

いつも水澄とは駅で別れるので、帰りに誰《だれ》かと――しかも女子と――歩くのははじめてだ。

まあ、それは別にいいとして。

「……」

「……」

か、会話が出てこない。

そもそも俺は口下手だし、進堂もわりと寡黙なタイプらしい。

こういう時、水澄のコミュ強っぷりを痛感する。

気まずい空気だが、そう感じてるのは俺だけだろうか？

しかしまあこれくらいは我慢しよう。

なぜならこれも全部、水澄のためなのだから。

「……着いたぞ」

「ここですか？」

「ああ」

俺は進堂を家に招き入れ、とりあえずリビングに通す。

「ちょっとケーブルとか準備するから、そこで待っててくれ」

「はい」

進堂は勧められたソファに座って鞄《かばん》を置く。

俺がリビングのパソコンとテレビをケーブルで繋《つな》いだりしている間、彼女は固い表情でソワソワしていた。

まあそりゃ、よく知らない先輩の家に来たらそうだよな。

だけど進堂に緊張されると俺もビクビクしてしまう。

別に悪いことしてるんじゃないけど……えぇい！　さっさと準備終わらせよう！

「……よし、これでテレビで観られるはずだ」

「お疲れ様です」

「あー、飲み物いるか？」

「いいんですか？」

「コーヒーでよければ」

「お願いします」

俺はキッチンでインスタントコーヒーを淹《い》れ、進堂の前のローテーブルに置く。

「さて、それじゃ始めるか」

「はい」

俺はパソコンを操作してテレビと画面をリンクさせる。

これでアニメのサブスクをテレビで観られるはずだ。

観るのは当然『マジキュア　サン&ムーン』だ。

「今日は時間もないし、とりあえず観るのは五話くらいでいいか?」

「あっ、どうせなら六話までいいですか?」

「六?　あーそういや神回なんだっけ?」

「はい。先輩がよければですけど」

「そうだな。じゃあ六話まで観るか」

そうして俺と進堂はソファに座って『サン&ムーン』を観始める。


なぜ俺が進堂とアニメを観ることになったのかといえば、それは昨夜にかかってきた彼女からの電話が関係していた。

『高橋《たかはし》先輩に訊《き》きたいことがあるんですが……』

「俺に訊きたいこと?」

用件が思い当たらず俺はオウム返しに尋ねる。

『あの……水澄さんがコスプレのプロ目指してるって本当ですか?』

「ブッ!?」

進堂の口から出た質問を聞き、眠る直前だった頭が一気に冴《さ》えた。

「なな何でそれを⁉」

今思えばとぼけるべきだったかもしれないが、俺はつい正直に答えてしまった。

『実は喫茶店《きっさてん》でふたりの話が聞こえちゃって……』

「あー……」

俺は自分の迂闊《うかつ》さに頭を抱える。

進堂がトイレに行ってる間に話したつもりだったが、実は俺が思ってたよりも早く帰ってきていたらしい。

『盗み聞きするのも悪いと思ったんですけど、私の名前も聞こえたからつい……』

「なるほど……いや、うん。それは仕方ない」

自分が席を立ったあとに自分の話をされてたら気になるよな。

進堂の名前を出したのも俺だ……これはかなりマズい。

「あの……その話は水澄も秘密にしてるんだ。だからできれば、その……人に話さないでくれると助かるんだけど」

これは完全に俺のやらかしだ。

口止め料を払ってでも俺が何とか解決せねば……！

『はい。それは話しませんけど』

「え？」

『え？』

「口止め料とかはいいのか？」

『いえ、いりませんけど……？』

微妙な沈黙がお互いに流れる。

「え？　じゃあ何で俺に電話してきたんだ？」

『だから訊きたいことがあるんですってば』

進堂は一度咳払《せきばら》いを挟み、改めて話し始める。

『私たちが出る街フェスって、結構大きなイベントなんですか？』

「水澄はデカめのフェスって言ってたけど、それがどうしたんだ？」

『それって水澄さんの夢にとって、どれくらい重要なんですか？』

「重要……？　まあ、そもそも水澄はコスプレ活動も始めたばっかりらしいから、今はとにかく認知度を上げてる最中だから」

『でもそれじゃあやっぱり、沢山の人に見てもらった方がいいってことですよね？』

「そうだけど……」

電話しながら、段々と進堂の言いたいことに察しがついてきた気がする。

『あの、遠慮しないで言って欲しいんですけど、私いない方がいいですか？』

進堂は硬い口調で尋ねてきた。

「……水澄はそんなこと言ってなかったから」

『けど私がいると水澄さん全力出せないって』

「いや……スマン。それ言ったの俺だな」

　本当にもう何もかもやらかしてるな俺。

『いいんです。私も水澄さんの言葉に甘えてしまいましたから』

　それはたぶん水澄が進堂に合わせると言った件だろう。

『てっきり水澄さんもコスプレは趣味だと思ってたので』

「それは……秘密だったから」

『けど水澄さんのコスプレが凄《すご》いっていうのは肌で感じました。あれがプロになるための努力の証《あかし》なら、私のせいで足を引っ張るのは……』

「そんな足を引っ張るなんて……」

　フォローを入れつつ、俺は内心焦《あせ》りまくる。

　いくら撮ってて気になったとはいえ、水澄と話す時と場所を選ぶべきだった。

　そのせいで進堂に話を聞かれ、こんなことになってる。

「とにかく俺の言ったことなら忘れてくれ。水澄は友達とイベントに出るのを楽しみにしてるんだ」

『……』

俺の説得に、進堂は数秒黙りこくった。

沈黙の間、俺は胃に穴があきそうになっていた……が。

『高橋先輩って私よりコスプレに詳しいですよね？』

「え？」

急に話が変わって、俺は一瞬返事に困る。

「まあ水澄の手伝いで多少は詳しくなったけど、それがどうした？」

『じゃあ、私にコスプレを教えてもらえませんか？』

「コスプレを？」

『水澄さんの足を引っ張りたくないんです』

進堂からのお願いは、俺より何倍も前向きなものだった。

「少し待ってくれ……」

俺は断りを入れてから黙考する。

水澄は自分のために進堂に迷惑をかけたくないと言っていた。

でも、コスプレは楽しむことが一番だとも言っていた。

このままイベントに出て、進堂は本当に楽しめるのだろうか？

またそうなってしまったのは俺が不用意に話をしたせいだ。

なら、その責任は取るべきだよな、きっと。

「分かった」

そうして俺は進堂のコスプレ特訓に協力することにした。

まずは一緒に『マジキュア　サン&ムーン』を全話観る。

「ここの月様のセリフって何でキツい感じなんだ？」

「それは彼女の過去が関係していて……」

いつもは水澄に原作を解説してもらうが、今回は進堂にその役を頼んだ。

また彼女は彼女で観てからだいぶ経《た》っているため、視聴しながら細かい部分を復習することも兼ねている。

そうしてアニメを観ながら、名シーンなどをピックアップしていく。

水澄のコスプレはもはやキャラ自体を再現するが、残念ながら進堂にいきなりそのレベルをやれというのは無理だ。

その代わり、ピックアップしたシーンを徹底的に研究して解析する。

「水澄とペアで撮られるから、基本は彼女と構図を半分こするイメージで……」

「ここ背中合わせのポーズですけど、視線はどうしたら……」

「原作だとふたりとも左右別方向見てるのか。でもそこは相手に視線を求められたらカメラを見るってのでいいと思うけど」

各シーンのポーズを頭に叩《たた》き込《こ》んだら、次は実践。

それを俺がカメラマンの視点から撮られる時の構図や角度など、意識すべき点を指摘して進堂に教えていく。

「違う違う。そこは指先までピシーッと伸ばした方が綺麗《きれい》に見えるから」

「はい！」

気がつけばノリが本当にスポ根になってきたが、元々運動部の進堂には肌に合っているようだ。

それに幸い体を使うことにも慣れているので、コツさえ教えれば物覚えも早かった。

街フェスまであと十日もある。

それだけあればこと『サン＆ムーン』に限れば、水澄と併せられるくらいの仕上がりにはなりそうだ。

ちなみにこの特訓のことは水澄には内緒だ。

元々、彼女はコスプレのために進堂に頑張らせるのに反対なのだ。この特訓のことを知れば話が拗《こじ》れそうだし、余計な心配をかけるかもしれないので秘密にしている。

「……っと、今日はこの辺にしとくか。もう時間も時間だし」

「はぁ、はぁ、そうですね」

若干息を切らしながら進堂は頷いた。

「ブッ通しでやると結構疲れますね。部活より疲れた気がしますよ」

「モデルには集中力がいるからな。仕方ない」

「水澄さんってやっぱり凄いなぁ」

「だな。ほら、水」

しみじみと呟く進堂に水を差し出す。

「ありがとうございます」

コップを受け取った進堂は美味《おい》しそうに水を一気に飲み干した。

明日はスポーツドリンク買っておくか。

「少し休んでくか？　あとで駅まで送るから」

「そうですね……じゃあ、お言葉に甘えて」

進堂は頷き、さっきまでアニメを観ていたソファに腰を下ろす。

「……」

立ったままなのもバツが悪いので、俺もソファに座る。

「……」

「……」

また気まずい空気。

さっきまであんなに話すことがあったのに、終わった途端これだよ。

俺のコミュ力は一生レベル1のままなんじゃなかろうか？

ていうか……なんか進堂、遠い？

同じソファに座ってるのにやけに隙間《すきま》があるような……。

いや、この距離感が普通なのか。

むしろ水澄の方がおかしいのだ。

いつでもどこでもすぐ隣に座るし、アニメが盛り上がると自分も盛り上がって人の肩とか腿《もも》とかバシバシ叩くし、少し動く度にめっちゃいろいろ当たるし……。

いつもなら『サン&ムーン』もあいつと観てるんだよなぁ。

……あ、いや、別に寂《さび》しいとか残念とか思ってるわけじゃ。

「あの、高橋先輩」

不意に進堂の方から俺に話しかけてきた。

「えっ⁉　……な、何だ？」

「先輩って結局水澄さんとつき合ってるんですか？」

「ブッ‼」

急にブッ込まれて思わず噴いてしまった。

もし俺も水を飲んでたら大惨事だった……いや、それはいいとして。

「そんなわけないだろ！」

「そうなんですか？　でも、仲よさそうですし」

「そりゃ仲悪いってことはないけど、つき合ってるなんて誤解もいいとこだ！」

俺が必死に否定していると、進堂は訝《いぶか》しげに首を傾《かし》げる。

「もしかして、ほかにカノジョさんがいるとかですか？」

「えっ⁉　いや……いるように見えるか？」

「それは分かりませんが」

進堂は俺をジッと見る。

「水澄さんみたいな子が近くにいて、好きになったりしないんですか？」

「……っ」

なるに決まってるだろそんなもん！

でも、俺みたいな陰キャがそれを正直に答えられるかよ！

「そんなの……俺の勝手だろ」

なるべく感情を抑えたつもりだが、声に不機嫌さを隠しきれなかったかもしれない。

すると、進堂はぺこりと頭を下げてきた。

「すみません。不躾《ぶしつけ》なこと聞いて」

「……いや、俺も言いすぎた」

後輩女子に謝られてしまい、俺も言いすぎたと反省する。

そりゃ俺と水澄みたいなのが一緒にいたら好奇心もそそられるだろう。

だが好奇心とは少し違うかもしれないが、俺も進堂のことで気になることがあった。

「……進堂の方こそ、何でここまでするんだよ？」

「え？」

「だって大会の験担《げんかつ》ぎくらいのつもりだったんだろ？　期末だってあるし、普通ここまでやらないと思うけど」

これまで深く突っ込んでなかったが、進堂の行動原理もわりと謎《なぞ》だ。

正直、電話で引き留めた時も『これは無理か』と内心諦《あきら》めていた。

だって水澄の邪魔になりたくないだけなら、仮病でも使って参加を辞退する方がずっと楽だし穏当な解決法だったからだ。

だから、特訓して水澄と併せられるように頑張るなんて言われた時は逆に驚いた。

いくら何でもそこまでする理由がまるで分からなかったから。

「……」

案の定、すぐに答えは返ってこなかった。

このまま沈黙を続けられるかもとも思ったが、またもや意外にも進堂は口を開いた。

「私が最近までスランプだったっていう話は少ししましたよね？」

「それは確かに聞いたけど」

「あれあえて軽く話してたんですけど、実はそこそこ深刻だったんです」

「……そうなのか？」

「私って結構ストレスとか溜《た》め込むタイプで」

ストレスの影響は人によって様々だが、進堂の場合は途轍《とてつ》もなくダウナーに入って際限なく落ち込んでしまうのだそうだ。

「だから大会とかも最初はいいんですけど、どこかで急に限界が来るんですよね。唐突に力が出なくなるというか……それでいつもいいとこ止まりで」

「……なるほど」

俺が思っていた以上に、進堂はメンタル面で問題を抱えていたらしい。

特に高校に上がってからは周囲の期待も上がり、環境の変化も相まって相当なストレスを溜め込んでいたようだ。

「王子様も大変なんだな」

「そうなんですよ。でなきゃ水澄さんのストーカーなんてしませんって」

いつぞやに思った感想をそのまま述べると、進堂は苦笑して冗談を言った。

「……けど誰も気づいてくれなかった私の話を、ニャワンで話してる時に水澄さんは察してくれて、ひと晩中相談に乗ってくれたんです」

それは俺の知らない水澄と進堂の話だった。

水澄はどうやって進堂の悩みに気づいたのだろう？

さすがに最初から全《すべ》てを見抜いていたわけではないと思う——だが、そもそも進堂は偶然秋葉原で見かけた水澄を尾行していたのだ。

その時点で十分おかしい。そんなことをしてしまうくらい、彼女が何かに追い詰められていたと、あるいはマックで話していた時点で水澄は察していたのかもしれない。

俺もちょっとはおかしいと思ったが、そこまでは気づけなかった。

水澄は気づいていたからこそ、いきなりコスプレしようとか強引にぐいぐいと行ったのかもしれない。

そのために翌日に速攻でコスプレ会が行われたのか。

いくら何でも急だと思ったが、そうする必要があったのだ。

「だから、また大会前に水澄さんに甘えたくなって、街フェスっていうのにも軽い気持ちで出てみたいって言っちゃって、私が足手纏《あしでまと》いでも全然嫌な顔しなくて」

進堂は気持ちを吐き出すように話し続け、俺もそれを黙って聞いた。

「高橋先輩に言われても私のこと庇《かば》って、私に楽しんで欲しいって……あんな話聞いて、私だけ何にもせずにいられるはずありませんよ」

「……ん。そういうことだったのか」

俺は小さく頷く。

いろいろと合点がいった。

どうやら俺が思っていたよりずっと、水澄が進堂をイベントに誘ったことには重要な意味があったようだ。

水澄がやけに進堂を庇ったのもこれが理由か。

「なんか、その、無理やり話させたみたいで悪かったな」

「いえ、大丈夫です」

「まあ……なんだ」

「？」

「いい併せができれば水澄も喜ぶはずだから、全員ハッピーエンド目指して頑張ろうぜ」

「……はい！」

最後に俺たちは今日のまとめをおさらいして、彼女を駅まで送って解散した。

次の日も、その次の日もだ。

相変わらずお互いの距離感は微妙だったけど、もう気にしないことにした。

そんなマンガじゃあるまいし、関《かか》わりのできた女の子全員と仲よくなんてなれるはずもないし、別にいい。

ただ俺も進堂も、水澄に大きな借りがある。

彼女のためにお互いに助け合う、そんな協力関係こそが俺たちにはちょうどよい距離感なのだろう。

第七章◆◆◆水澄さんは見た！

最近、高橋《たかはし》先輩の様子がおかしい。

あんまり一緒にいてくれない気がする。

いや、部活がないから仕方ないんだけど。

そのために勉強会しましょうって言ったのに、それもやけに早く切り上げるし。

それも奈緒《なお》ちゃんの門限とかあるからしょうがないけど。

『サン＆ムーン』もひとりで観《み》るって言うし。

テス勉あるからって言われたら引き下がるしかないけどさ～。

「ていう感じで、な～んか最近避けられてる気がするんですよてとらさん！」

というわけで、私は最近溜《た》まった愚痴をてとらさんに聞いてもらっていた。

『あらあら、それじゃ勉強にも身が入らないわね』

「そうなんですよ～」

今日は日曜日。週明けにはもうテストだ。

とりあえず赤点は回避できるだろうけど、これ以上は勉強する気になれず、昼からずっとてとらさんと電話していた。

「あーあ、早くテスト終わらないかなー」

『さなさんの学校は、テストが終わったらすぐ夏休みでしたっけ?』

「そうなんですよ〜」

夏休みはいつだって楽しみだけど、今年は特に凄《すご》いワクワクしてる。

それに夏休みと聞くと、先輩のあのセリフを思い出してしまう。

――今年の夏は水澄《みすみ》のために使うわ。

あれホントどういう意味で言ったの先輩⁉

私の冗談に乗っただけ? 軽口のつもりで言った? それとも……。

別に深い意味なんて全然ないのかもしれない。

でも、先輩の声を頭の中で反芻《はんすう》すると、どうしたって胸が高鳴ってしまう。

「もう今年は夏休みが待ち遠しくて仕方ないですね」

『うふふ、よかったらお店の方にも先輩さんたちと来てくださいね』

「もちろん通いますよー。それに新しくできた友達もてとらさんに紹介したいですし」

『奈緒ちゃん、でしたっけ? 一緒にコスプレをされる』

「そうなんですよ! 同い年でオタトークできる友達はじめてで、もーテンション上がっちゃって!」

学校でも別にオタク趣味は隠してないけど、高校でできた友達グループに話のできる子は全然いなかったのだ。

だから奈緒ちゃんと仲よくなれて本当に嬉《うれ》しかった。

「街フェスも奈緒ちゃんと出るんですけど、もーチョー楽しみで～」

奈緒ちゃんといいコスプレができるように、私も勉強の合間に『サン＆ムーン』を見返したし、衣装も細かいところまで手直しした。

特に「え？　このフリルを毎週戦闘で動かしてたの？　アニメーターさんマジスゴ」ってなったスカートのフリルを特盛りにしておいた。正直、かなりの自信作だ。

『いいですね。とても楽しそうです』

「それじゃーてとらさんも一緒にコスプレしましょうよ～」

『残念ながら、私はメイド服にしか袖《そで》を通しませんので』

うーん、さらりと断られちゃった。

前から隙《すき》を見てはこうして誘っているのだけど、なかなかいい返事はもらえない。

でもメイドひと筋なてとらさんもカッコいいから、断られても別にガッカリするわけではないけれど。

「いいですよー。それじゃ先輩と奈緒ちゃんの三人で楽しんできますから～」

冗談っぽく負け惜しみを言いつつ、また少し「あっ」と思い出すことがある。

『どうかしました？』

「いえー何でもないです」

そういえば奈緒ちゃんと街フェスに出る云々《うんぬん》で、すこーしだけ先輩と言い合いになったことがあったっけ。

先輩も最後は納得してくれたし、今まで気にしてなかったけど……もしかして先輩がよそよそしいのって、あれが原因？

「……」

先輩が『バトキン』以来、私の夢を応援してくれてるのは知ってる。

だから納得したように見えて、実は内心モヤッとしてたのかもしれない。

特に先輩は中学の頃《ころ》までずっとカメラひと筋で、それ以外には目もくれずに夢に一直線って感じだった。

そんな先輩からすると、私の態度は不真面目《ふまじめ》に見えるのだろうか？

そういうつもりはないんだけど……。

うーん。

『さなさん』

私が考え事をしていると、てとらさんの心配する声が聞こえてきた。

「あっ、すみません。急に黙っちゃって」

『いえ、それはいいのですが』

「？」

『以前仰《おっしゃ》っていたSNSで変なメッセージを送ってくる方の件は、もう大丈夫なんですか？』

「あー、まあ特に何にもないですね」

そういえば前にてとらさんにそんなこと相談してたっけ。

『バトキン』の写真がバズってからしばらくして、ちょっと怖い感じの人にちょくちょく絡《から》まれるようになっていた。

まあ雑誌モデルしてた時も出版社に変な手紙送ってくる人はいたし、そこまで気にしてないのだけれど……。

「そんなメッセージの頻度が高いわけでもないですし、そんな心配することは……」

『ダメですよ油断しては。さなさんはかわいいんですから』

てとらさんみたいな美人にそうストレートに言われると同性でもちょっと照れる。

『先輩さんにはもう相談したんですか？』

「いやぁー……あんまり心配かけたくないですし」

『それこそ要らぬ心配というものです』

ピシャッとてとらさんは言った。

『何かあってからでは遅いんですよ。せっかくご近所に住んでるんですから、何かあった時のためにもきちんと相談してください』

「はーい……」

まじめに怒られてしまった。

やっぱりてとらさんも美人だし、何か思い当たることがあるのかもしれない。

そう考えると心配してくれる気持ちを無下にできないかな。

それに先輩の態度も気になるし、そこも一緒に話してモヤモヤをスッキリさせちゃおうか。

このままじゃテストはともかくとして、街フェスに気持ちよく出られないしね。

「了解しましたてとらさん。私、今から先輩の家に行ってきます」

『はい。いってらっしゃい』

即断即決。挨拶《あいさつ》をして電話を切り、私は立ち上がる。

「暑ッ」

陽《ひ》は少し傾いていたが、外はまだまだ蒸し暑かった。

先輩の家に行く前に飲み物でも買っていこう。

前に先輩と買い物をしたスーパーで2リットルのお茶を買って、ビニール袋をガサゴソさせながら蒸し蒸しの道路を歩いていく。

あ、そういえば先輩家にいるかな？

テスト前だし、撮影に外出なんてしてないと思うけど、いちおう来る前に連絡しとくべきだったかもしれない。

まあいるでしょ、と気楽に考え直し、私は少しスキップしながら先輩の家へ急いだ。

ちょっとまじめな話があるといっても、先輩とふたりきりになるのは久しぶり。

「まだ『サン＆ムーン』観てる途中だったら、少しでも一緒に……」

観ていこうかな、と言いかけた独り言は、浮かれた気分共々いきなり途切れて消え去った。

「奈緒ちゃん……？」

次に私の口から漏《も》れた声は驚くほどか細く、中学生の頃のように小さかった。

それはあまりに小さくて視線の先――先輩の家に、先輩と一緒に入っていく彼女の耳には

どうやっても届かなかったと思う。

何で奈緒ちゃんが先輩と一緒に？

だって土日はテスト勉強するって……。

「……」

頭がグチャグチャになった私はそのまま踵《きびす》を返して、その場から走って逃げ出した。

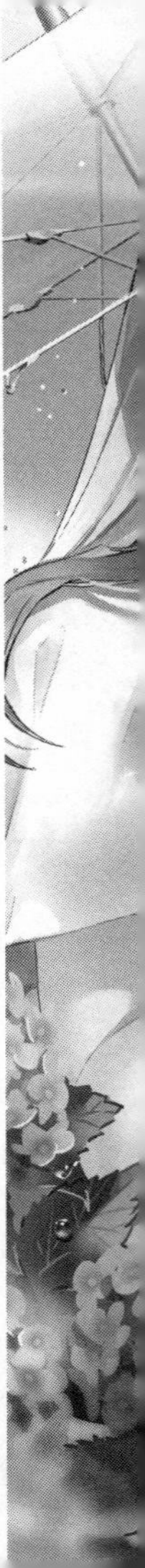

第八章◆◆◆高橋君たちは街フェスに参加する

「……だはーっ」

やっと期末テストが終わった。

テスト勉強にアニメ視聴に進堂《しんどう》とポーズ研究と……この一週間ちょいはハードスケジュールだった。

テス勉もしっかりやったから赤点もないはずだ。

何にもなくても補習は嫌だが……今年は特に。

「やっとテスト終わったなー高橋《たかはし》」

「そうだな」

「やっと明日からサッカーできるぜ」

前の席の伊剣《いつるぎ》は相変わらず部活大好きのようだ。

「夏休みも部活か？」

「おう！　高橋は？　夏休み何するん？」

「俺《おれ》は」

たぶん水澄《みすみ》と……と言いかけて、慌てて口を噤《つぐ》む。

危ねぇー。また変に勘繰られるところだった。

けどそれじゃあ何て答えるか……。

「……俺も部活かな」

ウソは言ってない。

伊剣も「そっかー」と納得し、特にツッコまれなかった。

さて、俺は今日も早く帰って進堂と『サン&ムーン』を観《み》ないと。

街フェスはもう明後日《あさって》だ。今日中に最終話まで観て、ポーズの研究をしなくちゃならない。

大変だが練習の甲斐《かい》もあって、進堂もかなり様になってきた。

明日は何とか陸上部の前に時間を作ってもらって、水澄とふたりで併せてポーズをしてみよう。

きっと進堂の上達ぶりに水澄も驚いて……。

「あ」

そこで俺はハッと気づく。

そういえば街フェスに出る告知用の写真撮ってなくないか？

明日撮って間に合うのか？　告知として遅くないか？

……ええい！　悩んでも分からん！

こうなったら水澄に直接聞きに行こう。

ていうか進堂は進堂でいつも俺の家に直接来てもらってるから、彼女のことも学校を出る前に捕まえなきゃか！

「……ッ！」

俺は慌てて教室を飛び出し、一年の教室へ向かった。

彼女のクラスは以前なんとなく話に聞いていたので迷うことはない。

「水澄！」

「！」

教室のドアに手をかけて名前を呼ぶと、水澄がビックリした顔でこちらを振り向いた。

同時に十数人ほど残っていた一年生たちもこちらに視線を向けてきた。

慌てすぎて変にめだってしまったようだ。

「……どうかしました、先輩？」

俺が教室に入るのを躊躇《ちゅうちょ》していると、鞄《かばん》を持った水澄からこちらに来てくれる。

「と、とりあえずこっち」

ひとまず教室から離れ、廊下の端に水澄と移動する。

「ほら、あの……告知。前はやっただろ？　あれ、どうすんのかなって」

誰《だれ》が聞き耳を立ててるかも分からないので、なるべく主語を抑えて尋ねる。

「あー……なるほど」

それでも水澄には伝わったようで、彼女は小さく頷《うなず》く。

しかし、なぜか彼女はなかなか返事をせずに髪ばかり指でイジッていた。

「……水澄？」

「ごめんなさい先輩」

水澄はそう言うとスッと俺から目を逸《そ》らした。

「今日このあと用事あって……告知も私がＳＮＳでやっときますよ。コスはサプライズってことにするんで、写真もナシで大丈夫です」

「……そうか？　写真あった方がいい気も……今日が無理なら別に明日でも」

「明日も忙しくて」

「え？　明日もか？」

勝手に水澄は部活に来ると思っていたので、これには俺も予定が狂う。

参った。明日、進堂とふたりでポーズの最終調整をしてもらうつもりだったのに。

「少しも時間ないのか？　ほら、本番前に進堂とペアで撮る練習とか必要じゃ……」

「……！」

その瞬間、水澄がピクリと何かに反応した。

何か言いかけたようにも見えたが……結局、彼女は唇を噛《か》むように言葉を呑《の》み込《こ》んだ。

「スミマセン、ちょっと時間ないんで」

「あっ、おい……」

水澄は俺の脇《わき》を抜け、小走りにその場から去っていってしまった。

「……」

なんか避けられたような?

それに一瞬泣いて……いや、気のせいか?

その後、家に帰って進堂と『サン&ムーン』を観ながら、それとなく水澄のことを訊《き》いてみたが、特におかしな様子はなかったという返事が返ってきた。

「水澄さんがどうかしたんですか?」

「いや……たぶん何でもない」

進堂にも思い当たる節がないなら、やっぱり単に急いでただけなのかもしれない。

でも……と不安は残るが、街フェスももう間近だ。

時間もない中、まずはポーズの研究を完成させなければならない。

「とりあえず今日中に『サン&ムーン』の名シーンベスト二十を厳選するぞ。その中からメインで使うポーズを五、六個選んで、長時間撮影が発生した時のために残りも練習を……」

本当はこの厳選も水澄の意見を聞きたかったが……しょうがない。

それにあいつなら進堂が何かポーズを取れば、それが何のシーンかすぐに汲《く》み取って難なく

併せてくれるだろう。

だからきっと大丈夫。

俺は不安を振り払うように無理やり自分を納得させ、明後日《あさって》の街フェス本番に備えるのだった。


アキ街フェス。通称街フェス。

秋葉原中央通りを含む一帯が丸ごとイベントエリアとして開放され、イベント終了までコスプレや様々な交流を楽しむことができる一大イベント。

エリア内の協賛店では特別なサービスやスタンプラリーなども行われ、元々の街の賑《にぎ》わいにさらに拍車がかかっている。

「凄《すご》い盛り上がってるなー」

『バトキン』の時も凄かったが、街中がコスプレイヤーで賑わう光景は度肝を抜かれそうになる。

あっちを見てもこっちを見てもコスプレイヤーさんたちが歩いている。

当然そこには男の人も女の人もいて、中にはぱっと見で性別が分からない人も沢山いた。

あとたまにネタっぽいコスプレをしてる人も……あのダンボールメカみたいなのは何のキャ

ラクターなんだろうか？

この辺り知識が乏しいため全《すべ》ての元ネタは分からないが、それでも見ているだけで楽しいイベントであることに変わりはなかった。

それに『獣槍《じゅうやり》』とか『壊怪《かいかい》』とか、全部のコスプレが分からないわけではない。

以前水澄がした『奏《かな》カナ』や『リュー伝』の人もいる。

あと『サン&ムーン』ではないが、『マジキュア』のコスプレも結構見かけた。

やはり長寿シリーズなだけあって好きな人も多いということだろうか？

俺は『マジキュア』知識はニワカもニワカなので、全てのシリーズが言い当てられるわけではない。

ただ幸いなことに水澄と進堂がやる陽様月様《ようさまつきさま》のペアはいないようだ。

まあ、コスプレでネタ被《かぶ》りとかあまり気にする必要はないかもしれないか？　むしろ同じキャラが沢山いたらそれだけ人気キャラってことだし、その方が注目を集めるのでは？

「高橋先輩、お待たせしました」

「おっ」

俺が勝手にひとり悩んでいると、更衣室から戻ってきた進堂が声をかけてきた。

彼女のコスプレはもちろん月様。

その隣には当然水澄の陽様も並んでいるが。

「……」

水澄はなぜか伏し目がちで、あまり俺と目を合わせてくれなかった。

何だろう……この前から妙な雰囲気だ。

しかし、衣装自体は以前見た時よりもアップグレードされていて、細かい意匠や特にフリルが盛り足されている。

そういうところを見ると、水澄も街フェスを凄い楽しみにしてたんだなと思うんだが。

「……」

その顔は何だよ水澄……。

「水澄、具合悪いのか？」

「……えっ？」

俺の呼びかけにも、水澄は一拍遅れて反応して顔を上げた。

それから変な愛想笑いを浮かべて、微妙に目を泳がせる。

「ぜ、全然何でもないですよ。体調だってバッチリです」

「そう、か？」

「そうですよー。ほら、行きましょ先輩、奈緒《なお》ちゃん」

「……」

俺と進堂は顔を見合わせたが、水澄が先に歩き出してしまったので慌てて追いかけた。

「あっ、奈緒ちゃんあれって『聖《せい》ジャス』のライト様じゃない？」

「本当だ。装備の再現度凄いね」

「あのサーベルにマントとか現実に着こなせるとかヤバくない」

水澄と進堂は並んで歩きながら、道行くコスプレイヤーを見てはしゃいでいる。

俺は少し後ろからついていき、そんな彼女らの様子を見守っていた。

「水澄さん、あれウェアウルフ様じゃない？」

「てか、あの人おっぱい大きくない？　めちゃくちゃエッチなんですけど。やっぱりあの謎《なぞ》穴って巨乳だと破壊力凄いね。負けたわ」

やっぱりあの穴って女子視点でも謎穴なのか。

つーか確かにあの人も胸大きいけど、別に水澄だって負けてな……いや、何考えてんだ俺。

「あれってもしかして『戦国《せんごく》クン』かな？」

「スゴーい、中身どうなってるんだろ？　二人乗りかなー？」

やけに横幅のあるロボットみたいなコスプレを指差して、水澄は進堂とあの中がどうなってるのかについてあれこれ推理していた。

「すいませーん、撮影ＯＫですか？」

その時、ひとりのカメラマンが水澄たちに声をかけた。

「はい、ＯＫですよー」

水澄は笑顔で快諾しながらチラッと進堂の方を見る。

「奈緒ちゃんはどうする？　もしアレだったら、私ひとりで撮ってもらうけど」

「ううん！　平気」

進堂は小さく拳《こぶし》を握って「大丈夫！」とアピールしてみせる。

それでも撮られる前にチラッと俺の方を振り返ってきたので、親指をグッと立てて「お前ならやれる」とエールを送っておいた。

「奈緒ちゃんポーズどうしよっか？」

「とりあえず、変身のポーズでいいんじゃない？」

「そだね。じゃあ、それで行こっか」

とはいえ、俺もまったく不安がないわけではない。

いくら練習ではバッチリだったとはいえ、実際に撮られるのも、水澄と併せてポーズを取るのも何もかも進堂にとっては初体験だ。

練習で大丈夫だったのが、いざ本番で思いも寄らぬ失敗を起こすこともある。

これればかりは成功するのを信じるほかない。

どうか……どうか上手《うま》くいってくれ……！

「それじゃお願いしまーす」

水澄が合図を送ると、カメラマンはレンズを彼女たちに向ける。

そして。

「忍び穿《うが》つ月影の閃光《せんこう》マジシャドウムーン！」

「……え？」

月様の変身ゼリフを高らかに叫んだ進堂に、水澄とカメラマンが呆気《あっけ》に取られる。

「え？」

進堂は進堂で困惑した表情を浮かべ、水澄たちの顔を見比べた。

しかも声はだいぶ響いたようで、周囲にいた人たちも目を丸くして彼女のことをまじまじと見ていた。

それに気づいた進堂はみるみる内に顔を真《ま》っ赤《か》にして、

「……あっ！　ご、ごめんなさい！　セリフまで言う必要ないです……もん……ね」

と、最後は蚊の鳴くような声で謝った。

「……ぷっ、あははは」

それを見て、水澄は思わずといった感じで噴き出した。

「み、水澄さん？」

「ごっごめん……！　ちょっとびっくりしただけ」

水澄は目尻の涙を拭《ぬぐ》いながら、カメラマンと周囲の人たちに騒いだことを謝った。

「前に部室でやった時より、声の抑揚とか凄くよくなってるね。もしかして練習した？」

「う、うん実は……せっかく月様やるんだし、カッコよくやりたくて」

「そっか。うん、分かった！　それじゃあ私も負けないようにしないとね」

水澄はそう言うともう一度微笑む。

「次は周りの人の迷惑にならないように声量落として、一緒にセリフも揃《そろ》えよっか」

「うん！」

「すみませーん、お兄さーん。もう一回最初からやりまーす」

カメラマンの人に再び合図を送ると、水澄は進堂とタイミングを揃えるために指でカウントを合わせる。

そして。

「光放つは太陽の輝きマジサンライト！」

「忍び穿つ月影の閃光マジシャドウムーン！」

ふたりの声が重なり合うように、マジキュアの決めゼリフが放たれる。

「人の心を知らぬ獣たちよ！」

「天が許しても私の拳が許しはしないわ！」

ビシィィ……と、指先にまで余韻を残すような決めポーズが揃い、その余韻を逃すまいとカメラマンが連続でシャッターを切る。

「……よし！」

まずまずの出だしだ。

セリフも間違えなかったし、タイミングもかなり揃っていた。

マジキュアの変身ポーズは数秒背中合わせの場面があり、相手の姿が見えないので特に揃えるのが難しい。

時間があったらそこを揃えられるように練習したかったが……いや、水澄と予定が合わなかったのだから仕方ない。

それに一回目で今のクオリティなら、回数を重ねればいずれ呼吸も合うはずだ。

「あのー次、いいですか?」

ひとり目が終わってすぐに別の人に声をかけられる。

またその後ろにも二、三人と並ぶ人がいて、さっきとは違う意味で彼女たちは注目を集め始めていた。

「はーい。よろしくお願いしまーす」

「よろしくお願いしますっ!」

水澄と進堂は笑顔で次の撮影を開始した。

その場で数人、その後も少し歩く度に声をかけられ、あっという間に撮影の回数は十回を軽く超える。

「マジキュア! サンフレイムバースト!」

徐々に水澄も調子を取り戻してきたのか、最初心配していた暗い表情は吹き飛び、明るく強いマジサンライトのコスプレもかなりよくなってきた。

「マジキュア！　フルムーンディザイア！」

一方、進堂も慣れてきたお陰か、照れや緊張が抜けてきている。

緊張が解《ほぐ》れるほどに練習の成果も着実に現れてきて、特に重点的に練習した変身と必殺技のポーズは以前より格段によくなり、完成度は水澄に勝るとも劣らない。

もちろん全てが水澄レベルというわけではない。

「あの『陽《よう》×月《つき》』みたいな絡《から》みってできますか？」

「えっ？　あ、えっと」

特にカメラマンから想定外のポーズの指定などが入ると、途端に余裕が崩れてしまう。

「大丈夫ダイジョーブ。私に任せて、シャドウムーン」

しかし、そんな時こそ頼れる相棒マジサンライトの出番。

「ほら、こっちに顔寄せて？」

「う、うん！」

まるで魔希菜《まきな》さんに自分がそうしてもらったように、進堂の拙い部分をリードしてポーズを誘導している。

気がつけばふたりは互いの額をコツンとくっつけ、間近で見つめ合っていた。

「……！」

これは『サン&ムーン』で敵幹部がマジシャドウムーンの実の父と判明した第四十二話！心揺らぎ戦う意味を見失いかけた彼女にマジサンライトが語りかけ、戦う意味と勇気を与える名場面。

普段は陽様よりも大人びている月様が、この時は逆に精神的に助けられるところが最高で、初見の俺はガッツリと画面の前で泣かされた。

当然、厳選名シーンベスト二十の中に入れていたが、どうしても「見つめ合う」という構図上、進堂のソロ練ではコツが摑《つか》みきれなかったところだ。

だがさすがは水澄。カメラマンの要望を聞いて即この場面を引き出し、進堂を導いてみせるとは……！

「尊い！　かわうぃぃい！」

その素晴らしいワンシーンに、カメラマンも若干語彙をバグらせながら連続でシャッターを切る。

ていうか、俺もそろそろ写欲《しゃよく》が疼《うず》いてきた……！

「俺も一枚いいか？」

列が途切れたところで俺もカメラを構え、水澄たちに一枚お願いする。

「あれ？　先輩もう我慢できなくなりました？」

「……悪いか？」

俺が恥を忍んで頷くと、水澄は悪い顔で笑みを浮かべる。

「んふふ、先輩がそこまで必死にお願いするんじゃ仕方ないですね～」

何かまた後日これをネタにからかわれそうだが、ひとまずそれは置いておく。

俺はさっきの四十二話のポーズを頼み、何十枚か無心で撮った。

「センパイ、今撮ったの見せてくーださい」

「ん」

俺はカメラのギャラリーを開き、水澄と進堂に撮った写真を見せる。

野外撮影というのもあって、光加減などで失敗しているものもあるが、ベストショットと自負できる出来映えも何枚かあった。

それにしても見ているだけであの名場面の感動が蘇《よみがえ》るようだ。

「うわっ……！　これ、本当に私ですか？」

進堂も自分の写真を見て口を押さえていた。

「ああ、もうめちゃくちゃ月様だったぞ！」

「……よしっ！」

彼女は小さくガッツポーズする。

それは小さいが力強いガッツポーズで、内心の喜びの強さを表しているようだった。

「ありがとうございます高橋先輩」

「いや、進堂が頑張ったからだよ」

この写真は併せでしか撮れなかった。

進堂が水澄のためにここまで協力してくれたから撮れた写真だ。

「なあ、水……」

俺はこの喜びを分かち合おうと水澄を振り返る――が。

「……」

水澄は表情の消えた顔で俺のことを見ていた。

別におかしくはないのだが、そのジッとした視線に一瞬ビビってしまう。

「み、水澄?」

だからか、彼女に呼びかける声もつい遠慮がちになってしまった。

「………………あの」

水澄は凄く凄く間を置いてから、声を絞り出すように言って……

「……」

また黙ってしまう。

「水澄さん?」

彼女の様子がおかしいことに進堂も気づいて声をかける。

その瞬間、水澄の表情が小さく歪《ゆが》む。いや、正確には歪みそうになったのを、彼女は唇を噛んで堪えたように見えた。

しかし、その表情の意味が俺にも進堂にも推し量ることができなかった。

そして。

「……ごめんっ！」

突然、水澄は身を翻《ひるがえ》して走り去り、呆気に取られる俺たちの目の前で人混みの中へと消えていった。

第九章◆◆◆水澄さんのお友達

「水澄《みすみ》いたか⁉」

『スミマセン、人が多くて……』

スマホの向こうから進堂《しんどう》の焦《あせ》りに満ちた声が聞こえてくる。

水澄が急に消えてからすでに三十分は経《た》つが、未《いま》だに彼女のことを俺《おれ》たちは見つけられていなかった。

「とにかく、コスプレしたままじゃエリアの外出られないから。進堂は十分おきに更衣室見に行ってくれ。離れたところは俺が探して回るから」

『お願いします』

「そっちも何かあったら連絡くれ」

俺は通話を切り、再び謝りながら人混みを掻《か》き分《わ》けていく。

さっきはエリアの外に出られないと言ったが、スタッフさんの目を掻い潜《くぐ》れば出られないわけじゃない。

そこは水澄の頭にまだルールが残ってるのを信じるしかないが……そもそもなぜ彼女がいな

くなったのか理由が分からない。

直前まで彼女はコスプレを楽しんでた。

いい写真だって撮れたし、それを見たいとせがんできたのも彼女だ。

あとあの時にあった出来事は……。

「あら、高橋《たかはし》様」

「！」

その時誰《だれ》かに声をかけられ、そちらを振り返るとメイド喫茶《きっさ》のてとらさんが立っていた。

「て、てとらさん、何でここに？」

「ウチのお店もイベント協賛店でして。一般の方向けにもお店でメイド体験コーナーとかやってるんですよ。よかったらあとで……」

「水澄見ませんでしたか⁉」

俺はてとらさんの話を遮《さえぎ》って尋ねる。

「水澄お嬢様？　ご一緒ではないのですか？」

「一緒にイベント来たんですけど、急にどっか行っちゃって」

「急にどこかに？」

てとらさんは訝《いぶか》しげに首を傾《かし》げる。

「俺も理由は分かんないんですけど、いきなり……」

てとら

あの時、水澄が浮かべた表情を俺は思い出す。

あれは……。

「なんか、あいつ泣きそうな顔してて」

「……」

「だから早く見つけてやらないと」

「なるほど。それは一刻を争いますね」

てとらさんは頷《うなず》き、ポケットからスマホを取り出してどこかへ電話をかける。

「手すきの子に探すのを手伝ってもらいます。本日のお嬢様のコスプレを教えていただけますか？」

「……はい！　ありがとうございます！」

俺はなるべく詳細にマジサンライトの衣装の特徴を伝える。

「一度お店の子を集めてから私も手伝いますので、連絡先を交換しましょう」

「あっはい！　あ、それじゃ進堂って後輩も水澄探してるので、その番号も」

俺はてとらさんと電話番号を交換し、ついでに進堂の番号も伝えた。

マナー違反だと思うが緊急事態だ。あとで謝っておこう。

「それじゃ、俺はあっちを探してくるんで！」

「はい。もしかしたら例の怪しい人もいるかもしれませんから気をつけて」

「え?」

走り出そうとしていた俺は慌てて急ブレーキをかける。

「怪しい人って……何の話ですか?」

「水澄お嬢様から聞いてないんですか?」

てとらさんは驚いた顔をして、最近水澄がＳＮＳで怪しい人に絡《から》まれている件を教えてくれた。

「日曜?」

「先週の日曜日に、高橋様のお宅へお邪魔してご相談すると仰《おっしゃ》っていましたが」

その日はずっと進堂と……。

「……⁉」

もしかして、その時にウソをついていたのがバレたのか?

決して彼女を傷つけるために騙《だま》したわけじゃないが……だが、もしそれが原因なのだとしたら彼女の態度にいろいろと合点が……。

「……ッ」

いや、考えるのはあとだ。

ただでさえ心配だったのに、そこへさらにネットストーカーが追加。てとらさんの言う通り一刻の猶予もない!

俺は再び水澄を探すために全力で走り出した。

こういうイベントに来ると、いつもあいつを探して走り回ってる気がする。

でも今回悪いのは俺だ。

余計な心配をかけまいとして、逆に彼女を傷つけた。

けど俺も進堂も決して彼女をハブにしようとか、そんなつもりはなかったのだ。もう一度彼女を見つけて、どうにかそれだけでも伝えたい。

水澄は今どこにいるんだ……？

考えろ考えろ。

何かから逃げる時に彼女がどこへ行くか、ほんのちょっとだけ俺は詳しいはずだ。

『バトキン』の時は避難階段の中に隠れてた。

彼女はこういう時、遠くへ逃げるんじゃなくて人がいない場所に隠れる。

なら、今の居場所はエリアの外とかじゃない。

お店の中も人がいるから違うだろう。

たぶんもっと人気の少ないジメッとした場所だ。

秋葉原の街全体であれば路地裏とか暗がりになる場所は無数にあるが、イベントエリア内に限定すればかなり数が絞られるはずだ。

「もしもし進堂、水澄がいそうな場所なんだけど……」

俺はスマホを取り出し、皆に探すべき場所の目星を伝えた。

△

「はぁ～、どうしよ……」

つい高橋先輩と奈緒《なお》ちゃんから逃げてきてしまった。

人気のないお店の裏手にいるから見つかることはないだろうけど、いずれにせよコスプレのまま帰るわけにはいかないので、いつかは表通りに出ていかなければならない。

それは分かってるけど、今はまだ少し時間が欲しい。

「はあ……」

またため息が漏《も》れる。

何であそこで我慢できなかったんだろう。

先週の日曜日、家に帰ってから布団《ふとん》に頭を突っ込んでいろいろと考えた。

もちろん嫌な考えもぐるぐるした。

でも、きっと違うって結論になったはずだ。

先輩がウソついたのにも何か理由があるはず。

奈緒ちゃんが先輩の家に行ったのも何か用事があったんだと思う。

だって彼女が先輩と知り合ったのはつい最近だ。

彼女が先輩と会う時はいつも私も一緒だし、見ている範囲でふたりがラブになるようなイベントは何も起きてない。

だから、絶対勘違いだ。

ロンリ的キケツとして、そう納得した。

先週は。

……。

……けど。

今日のふたり、やけに仲よくなっていた気がする。

奈緒ちゃんが前よりずっとコスプレが上手になってた理由は何？

いい写真が撮れた時、どうして先輩に「ありがとう」って言ったの？

ぐるぐる　ぐるぐる　ぐるぐる
「頭割れそう……」

理由は不明でも、奈緒ちゃんは先輩に何か用事があった。

それは私に秘密のことだった。

先輩も秘密にした。

つまりふたりで何かしていた。

私に言えないことを。

でも、分かってる。

それはきっと私が恐れるようなことじゃないんだって。

だって奈緒ちゃんは友達で、先輩は私のために夏をあけてくれるって言った。

だから大丈夫。心配するようなことは何もない。

分かってる。分かってるから、もうふたりのところに戻ろう。

「……」

立とうとしても足が動かない。

何でだろう？　どうして？

力が入らない。

どうしたらいいんだろう――と、不意に誰かの気配を感じた。

「先輩？」

グチャグチャ考えてたクセに、一番に私のところに来るのは先輩だと無意識に思っていた。

けれど振り返った先にいたのは先輩なんかじゃなく、まるで見覚えのない男の人だった。

「誰っ……!?」

身構える私を見て、その人は口の端をククッと吊《っ》り上げる。

「見つけたサナピー」

「⁉」

その呼び方で、相手が誰か分かった。

私の本名もコスプレネームも無視して、勝手な渾名《あだな》で人を呼ぶソイツ――最近、ＳＮＳでメッセージを送り続けてきたアカウント『無人星人《むじんせいじん》』だ。

「やっと会えたね。来るのが遅くなってごめんよ」

「……ッ」

アンタなんか待ってないと叫びたかったけど声が出ない。

おかしいな、自分を変えるって決めてからはハキハキ喋《しゃべ》れるように発声練習までしたのに。

まるで中学生の頃《ころ》に戻ったみたい。

逃げたいのに逃げることもできない。

ただ怖いことが過ぎるのを待つように、体が萎縮《いしゅく》して動こうとしない。

「サナピー」

無人星人が近づいて手を伸ばしてくる。

「たす、け……」

恐怖で唇が震えて上手《うま》く動かない。

叫ぶのなんて全然無理。

ましてや表通りに届く声なんて出そうもない。

「助けて……先輩」

私は誰にも聞こえない悲鳴を上げた。

その時——パシャリッ、と暗い路地裏にフラッシュが焚《た》かれる。

そして
「水澄！」

先輩の声が、私に届いた。

△

「お前ッ！ 今の撮ったぞ、警察に突き出されたくないなら……」

「何だぁお前？」

「……！」

ハッタリで叫んでみたけど男は全然気にした様子はなく、俺の方をギロッと睨《にら》んできた。

おいおい、目がイッちゃってるんだけど……！

こいつが例のネットストーカーか？

「……っ」

怖い。怖い。怖い。

水澄のピンチなのに、最初に浮かぶのはまず恐怖。

何で俺はどうしてこんないつも元々はじめからカッコ悪いんだ。

せめて水澄の前に出て、おっさんから庇《かば》うとかすればいいのに……。

チラッと彼女を見るが、腰を抜かして立てないようだ。

自力で逃げてもらうのは厳しいか？

「……うっ」

俺はツバを飲み込み、震える足を殴り、駆け出した。

「うあああああ！」

タックルなんてもんじゃないけど、とにかく俺は水澄を避けておっさんに体当たりした。

「うおっ！」

ド素人《しろうと》の特攻も狭い路地では避けるスペースがなかったようだ。

とにもかくにもおっさんにぶつかることに成功した俺は、そのまま服を摑《つか》んで相手を押す。

押して、水澄から離れる。

「何だお前、邪魔すんな！」

「ッ！」

ゴンッと背中と後頭部で鈍い音がした。

殴られ、足が鈍る。

「ううう！」

でも、とにかく服は離さなかった。

「何なんだお前このっ」

おっさんはブツブツ言いながら俺を頭の上から殴ってくる。

体格差も相まって凄《すご》く痛い……でも、俺だって重い機材担《かつ》いであちこち歩き回ってんだ。

力なら負けてない。

「あああ！」

殴られても殴られてもとにかく押した。

がむしゃらに押し続けて、気がついたら路地の外に飛び出していた。

「！」

そこでおっさんが何かに足を取られたのか、ふたり揃《そろ》って地面に倒れる。

「キャア！」

「何ナニ⁉」

喧嘩《けんか》と思われたのか、急に飛び出してきて倒れた俺たちを見て周囲から悲鳴が上がる。

スタッフさんが近くにいてくれたらラッキーだったが、残念ながら俺に運はなかったようで止めてくれる人はなかなか現れない。

「離せよ！」

おっさんは人の髪を摑み、とにかく俺を引き剝《は》がそうとする。

でも絶対手は離さない。

今離したら、こいつが水澄のところに戻って何するか分かったもんじゃない。

とにかく誰かがスタッフさんを呼んでくれるまで時間稼ぎを……！

「高橋先輩！」

さっきまで腰を抜かしていた水澄が路地裏から出てきた。

心配して追いかけてきてくれたのかもしれないが、まだ壁に手をついてようやく立ってるような有り様だ。

「サナピー！」

「⁉」

その時、肘《ひじ》か何かがこめかみに入り、一瞬意識が飛ぶ。

思わず手が緩《ゆる》んでしまい、その隙《すき》におっさんが俺を振りほどいた。

「先輩！」

水澄が悲鳴を上げ、こっちに来ようとする。

バカ逃げろと言いたいが、殴られすぎたせいか声が出ない。

おっさんが再び水澄に近づく——が、その間に割って入る人影があった。

「水澄さん！」

進堂だ。

　彼女は水澄を背に庇うように立つと、キッとおっさんを睨みつける。

「次から次へと……邪魔なんだよ！　俺とサナピーの邪魔をするな！」

「うるさい！」

　おっさんの意味不明な雄叫《おたけ》びに、進堂も負けじと怒鳴り返す。

「彼女に手は出させない！」

　それは水澄を守りたい一心から出た言葉なのか、はたまた衣装の効果なのか、その瞬間の進堂はシリーズ最強との呼び声も高いマジシャドウムーンそのものだった。

「うっ……」

　はじめて見る彼女の怒りを漲《みなぎ》らせた眼光は炎が滲《にじ》むようで、敵を射殺すような迫力で相手を後退させた。

「スタッフさん、あそこです！」

「そこの人たち！　動かないで！」

　そこへてとらさんが呼んできたスタッフさんたちが現れ、暴《あば》れるおっさんを取り押さえてくれたのだった。

何度か頭を殴られた俺はその後、念のため医務室へ連れてこられた。

参加者の熱中症などに備えて元々医療スタッフさんも常駐していたらしく、その場で手当てと軽い検査をしてもらった。

「先輩、大丈夫ですか?」

「目の動きとかに異常はないって。あとで病院行けってさ」

簡易ベッドに横になりながら答えると、水澄はホッとした様子で胸を撫《な》で下ろした。

「よかった……ほんと、先輩が無事で」

それはこっちのセリフだ。

路地裏で水澄を見つけた時は心臓止まるかと思った。

でもまあ……何はともあれ、無事でよかった。

「水澄さん、高橋先輩、大丈夫ですか?」

俺たちが互いの無事に安堵《あんど》していると、医務室に進堂が現れた。

「警察は?」

「このあと来るみたいです。事情聴取とかあるだろうから、まだ帰らないでくれって」

「分かった」

あのおっさんは現在スタッフさんたちの事務所で拘束中らしい。

警察の事情聴取があるというが、水澄たちの証言のお陰で俺は被害者側と分かってもらえているようだから、そんな大変なことにはならずに済みそうだ。

まだどうなるかは分からないが、ひとまず安心といったところだろう。

「あの……ごめんなさい、ふたりとも。私のせいで、巻き込んで」

少し落ち着いたところで、水澄が俺たちに頭を下げてきた。

「別に水澄が悪いわけじゃないだろ？　悪いのはあのおっさんで」

「そうだよ！」

「でも、私がひとりになったから襲われたんだし……」

俺も進堂も水澄の責任を否定するが、彼女はまだ自分を責める。

それでもやはり彼女に責任があるとは思えないが、お互い落ち着いて話すのにはちょうどいい機会かもしれない。

「水澄、日曜日の件なんだけど……」

俺は水澄に、彼女に隠していたことを包み隠さず話した。

「……そっか。それでふたりでコソ練してたんですね」

「コソ練て……まあ、とにかく悪かった。不安にさせて」

「ごめんなさい水澄さん」

「そんな、謝らないでください」

水澄は首を横に振る。

「それに私の方こそ、無理して頑張らせたくないなんて言う前に奈緒ちゃんに確認取るべきでしたし」

「そんなこと言ったら私だって……！」

水澄と進堂は互いに私の方が悪かったと庇い合う。

まあ水澄が進堂に確認を取らなかったのも、彼女の流されやすい性格を考慮して、尋ねること自体が強制力になりかねないと思ったからだろう。

要は小さなすれ違いが連続して起こっただけだ。

それが思ったより大きくなってしまったが、どれも致命的なことじゃない。

今まさにふたりが仲直りできたみたいに、誤解さえ解ければすぐ問題は解決できるのだ。

医務室の中が和《なご》やかな空気に包まれてきた時、ふとブゥーブゥーと誰かのスマホが震える音がした。

「あ、私のだ。何だろ、通知？」

水澄は自分のスマホを確認すると「わっ」と驚く。

「なんか、さっきの誰かが撮ってネットに上げちゃったみたいです」

「えっ」

「陽様《ようさま》のコスでフォロワーさんが私って気づいたみたいで、安否確認のメッセージが沢山」

そう言って水澄が見せたスマホには、確かに進堂が水澄を庇う写真がネットの記事にアップされていた。

まるで『マジキュア』の一場面と題された記事は現在進行形で伸びているようで、中にはマジシャドウムーンのコスプレイヤーは誰かと問い合わせる声もある。

「なんか大事になってるな」

「ひえぇ」

思わぬ事態に進堂が体を縮こまらせる。

「せっかくだし、奈緒ちゃんこのまま私の相方になる？」

「無理無理無理無理！」

「あはは、冗談」

進堂のコスプレはあくまで息抜きと趣味。水澄もそれは分かってるので、それ以上は言わなかった。

「あ、でもふたりとも無事ですって連絡用に、一枚だけツーショ撮っていい？」

「それくらいなら……」

「オッケオッケ。それじゃ先輩、撮ってもらっていいですか？」

「ああ」

俺は水澄のスマホを受け取り、カメラを彼女たちに向ける。

「ほら奈緒ちゃん、もっとギューッと！」

「こ、こう?」

「そうそう。も〜めっちゃ仲よしって見せつけちゃお!」

「撮るぞー」

そうして撮ったふたりの仲直り写真は、今日撮った中でも抜群にいい一枚になって、そのあと軽くバズった。

エピローグ◆◆◆あさっての話

街フェスも終わって週明け。

特に病院の検査も問題なかったので、俺《おれ》は普通に登校していた。

ついに一学期最後の週。もうあとは期末テストの返却と終業式があるくらいのもので、学校全体に浮かれた空気が流れている。

それはもちろん写真部も同様だった。

「先輩！　夏休みはどこ行きますか？」

「んー、そうだな……」

「やっぱり海はマストですよね。でも山で先輩と写真撮るのも楽しそうですね。キャンプとかもまた行きたいですし、お祭りで花火も見たいです。あっ、それに奈緒《なお》ちゃんの大会の応援にも一緒に行きましょうね」

「お、おう」

それにしても水澄《みすみ》は浮かれすぎじゃないか？

その勢いたるや、まるで夏が待ちきれない小学生男子のようだ。

「そしてもちろんメインは夏コミ！ バズってフォロワーもまた増えたし、めっちゃ気合い入れてきますよ！ まあだいぶ奈緒ちゃんのお零《こぼ》れに与《あずか》った感じですけど」

確かにあれはトラブルだったが、結果的に水澄の新規フォロワーもだいぶ増えた。

彼女によるとまだまだプロは遠いらしいが、注目度は着実に上がってきている。

一大イベントである夏コミで再び注目を集めることができれば、それこそ一気に飛躍するかもしれない。

当然そのための協力は惜しまないつもり……だが。

「そういえば奈緒ちゃんも夏コミ来るのかな？ あとで訊《き》いてみよっと」

「んー」

「先輩？ もう夏バテですか？」

気の抜けた返事を繰り返していたためか、心配そうな声をかけられた。

「別に夏バテじゃないんだけど……」

「けど？ どうしたんです？」

「いや、なんか今回は俺あんまり役に立たなかったと思って」

最終的に水澄を助けられたのもバズったのも、全部進堂《しんどう》のお陰だ。

それに比べて俺ときたら余計な口は滑らすし、おっさんにはボコボコにされるし、やらかしてばっかりでいいところがひとつもない。

「何言ってるんですか、先輩が奈緒ちゃんを鍛えてくれたお陰でいい写真が撮れたんですよ」

しかし、水澄は人の自虐をからからと笑い飛ばす。

「……」

「もー！　先輩は強情ですねー」

俺がいまいち納得できず無言でいると、水澄は仕方ないなぁと肩を竦《すく》める。

「言っときますけど私、先輩が何でもかんでもできる凄《すご》い人だなんて思ってませんよ」

「そんなん当たり前だろ」

「そうですよ、当たり前です。だから別に、先輩がたまに空回りするくらい、私は全然気にしません」

期待しすぎないでくれるのは助かるが……なんだ、こうもハッキリ言われるとちょっとヘコむ。

そんな俺の表情を見て、水澄はまたクスッと笑う。

「それに先輩は私が一番来て欲しい時にいつも助けてくれるんですから、もうそれだけで十分なんです」

「そんなこと……そんなにあったか？」

「いいからいいんです。ほらほら、細かいこと気にしてないで夏の予定を立てましょう。夏休みはもうすぐそこですよ」

水澄は椅子を持ってきて隣に座り、俺とスマホを突き合わせながら「あれ行きたい」「これ行きたい」と次々カレンダーの予定を埋めていく。

その楽しそうな横顔を見ていると、確かに気にしすぎだったかもという気がしてくる。

俺は全然たいしたやつじゃない。嫌でも失敗や空回りがあって当然だ。

それでもできる範囲で彼女を助けたいなら、いちいち落ち込んでる暇なんてないのだ。

なにしろ今年の夏は彼女のために全部使う予定なのだから。

夏休みはもうあさってに迫ってる。

あとがき

はじめましての方ははじめまして。お久しぶりの方はお久しぶりです。

なめこ印《じるし》です。

お陰様で主人公負け確ラブコメ『ラブコメ嫌《ぎら》いの俺《おれ》が最高《さいこう》のヒロインにオトされるまで』第二巻をお届けすることができました。

これからも高橋《たかはし》君が水澄《みすみ》さんに完全敗北するように頑張ってまいります！

二巻では水澄さんの新しいコス友ができました。高橋君も新たな後輩女子にドキドキしつつ、やっぱり水澄さんにはもっとドキドキする感じですね。

これもうすでに負けてるような？　いや、まだ負けてないですけど、たとえるなら初代スト○でザン○でリ○ウに勝負を挑んでるみたいな。

はたして高橋君は水澄さんに撃ち落とされる前に、彼女を抱き締めることができるのか⁉

それは乞うご期待ということでどうぞひとつ。

ここから謝辞です。

担当の藤原《ふじわら》様。二巻もまたスケジュール大変お待たせして申し訳ありませんでした！　イラストの指定など全部お任せしてしまいましたが、どれも私が欲しいなと思っていた絵ばかりでばっちりだったと思います。今後ともよろしくお願いします。

イラストレーターの餡こたく様。今回も素敵なイラストの数々ありがとうございます！　水澄さんのいろんなイラストが見たくて、いろいろコスプレシーン出してるところもあったりなかったり。二巻も沢山の水澄さんを描いていただき、私も堪能させていただきました。今後ともよろしくお願いします。

最後にこの本を出すにあたり、ご尽力くださった編集部の方々、表紙のタイトルロゴなどを作ってくださったデザイナー様、各書店を回ってくださった営業様、本を書店に卸してくださる流通様、本を置いていただく書店様並びにそこで働く書店員の皆様、お陰様で無事に拙作を読者の皆様の許《もと》へお届けすることができました。いつも本当にありがとうございます。

そして、もちろんこの本を手に取って読んでいただいた読者の皆様に最大級の感謝を。

今後とも本作を末永く応援よろしくお願いいたします。

それでは。

2021年8月某日　なめこ印

ファンレター、作品の
ご感想をお待ちしています

〈あて先〉

〒106－0032
東京都港区六本木2－4－5
SBクリエイティブ（株）
GA文庫編集部 気付

「なめこ印先生」係
「餡こたく先生」係

本書に関するご意見・ご感想は
右の QR コードよりお寄せください。

※アクセスの際や登録時に発生する通信費等はご負担ください。

https://ga.sbcr.jp/

ラブコメ嫌《ぎら》いの俺《おれ》が最高《さいこう》のヒロインにオトされるまで2

発　行　　2021年10月31日　初版第一刷発行
著　者　　なめこ印
発行人　　小川　淳

発行所　　SBクリエイティブ株式会社
〒106−0032
東京都港区六本木2−4−5
電話　03−5549−1201
03−5549−1167（編集）

装　丁　　荻窪裕司

印刷・製本　中央精版印刷株式会社

定価はカバーに表示してあります。

ISBN978-4-8156-1016-6
Printed in Japan　　GA文庫